거울 앞에서

시아시인선 **036**

거울 앞에서

김재천 시집

인쇄일 | 2023년 11월 24일
발행일 | 2023년 11월 28일

지은이 | 김재천
펴낸이 | 김명수
펴낸곳 | 도서출판 시아북(詩芽Book)

출판등록 | 2018년 3월 30일
주소 | 대전광역시 동구 선화로214번길 21(3F)
전화 | (042) 477-8885, 254-9966
팩스 | (042) 367-2915
E-mail | siabook@daum.net

값 12,000원

ISBN 979-11-91108-85-9(03810)

* 본 도서는 충남문화관광재단의 후원으로 발간되었습니다.

거울 앞에서

김재천 시집

시아북
詩芽BOOK

시인의 말

거울속에서 나는 내 영혼을 찾으려 했다

그리고 거울속에서 영혼이 하는 말을 듣고자 했다

가을처럼 산천을 화장시키는 힘같이 거울을 보면서 그런 힘으로 시를 쓰고자 했는지 모른다

그러나 아직까지 화장을 시키는 화장품이 부족하고 화장의 기술을 나는 터득하지 못했다

그저 어설픈 비유와 거리가 먼 데페이즈망(depaysement)의 기술을 차용한다는 착각속에서 화장을 해 온 셈이였다

커다란 짐을 지는 것처럼 보이지 않게 억누르는 무엇이 있었다

그것은 책임감도 아니고 자신을 향하여 화살을 겨누는 자학증 비슴한 것이 자꾸 나타났다

그래서 시를 써야 하는가 말아야 하는가 회의를 갖게 되기 일쑤였다

이런 저런 많은 회의감과 불안정한 정서속에서 말장난처럼 엮여지는 현상이 목도되는데 시집을 내는 것조차 참괴할 수밖에

그러니 나는 시에 대하여 아직까지는 "아웃사이더"일 수밖에 없다

언제까지 거울을 들여다 볼지 모른채 느린 걸음이지만 걸어야 한다

진정한 화장술로 거울속에 나를 판박이 시킬 때까지

항상 보살펴 힘을 주시는 구재기 한국문인협회 부이사장님의 강건하심을 빌어 드리고 세 번째 시집 출간에 수고하여 주신 시아북 김명수 충남문인협회장님께도 감사드리며 충남문화재단이사장님과 관계자 여러분께도 고마움을 전해 드린다

2023년 11월 늦가을

호수카페에서 김재천金載天

1부
거울 앞에서

2부

개안開眼

3부
가을 곁에서

4부
내일이 되면

거울 앞에서

김재천 시집

1부 / 거울 앞에서

거울 앞에서 1

나는 날마다 거울속에
나의 육신을 판박이하여 가두워 두고
거울 밖으로 나온다
사람들은 밖으로 나온 내가 보이지 않아야 할 텐데
"건강 하시죠" 하고 나의 육신을 걱정하며 물어본다
나는 조금 의아해 하며
"그럼요 항상 그 모습 그대로 있습니다"라고
경쾌하게 말하곤 나도 나의 육신이 있는지 없는지
순간적으로 판단하기 어려운데 나의 육신을 보고 말하는
사람들이 참 이상하다고 여길 수 밖에

거울 앞에서 2

죽어가나 보다
살아가며 죽어가는 것을 본다
욕실 거울에 비치는 나신속에서
죽어가는 부분 부분의 육신이 거울 밖으로 튀어 나온다
어느 때 어느 순간에 죽었던 것일까

거울 앞에서 3

길을 가다가
뒤 돌아 보니
사람들이 하나 둘 나타난다
어느 때 만났던 사람들인가?
기억이 가물대는데
시가 만나는 사람들
시를 만드는 사람들
거울 앞에 서 있는 나는
얼마나 진실 된지 모르나
거울 속에서 보여 주는 모습은 진실하다고

거울 앞에서 그대를 불러본다
그대는 아무 소리가 없고
나를 응시하는 모습뿐, 슬픈표정이다
그대와 나는 언제 만났던 것일까
어떻게 만났던 것일까
거울 앞에 설 때마다 그대는 소리없이 내게 오고
나는 그대 모습 바라보며 슬픈 기억을 더듬는다
거울은 숱한 사연을 간직한 채

언제나 내 앞에 있고
나는 언제나 말이 없고

소원小願

사랑속에서 그대와 나
우리가 알 수 있는 것만으로
힘겨운 이 세상 삶을 살게 하소서

우리가 알 수 있는 사랑속의 자양은
우리가 살고 있는 이승의 화음이 되기에
충분하므로

사랑 속에서
그대와 나 그리고 우리가
알 수 있는 것들이 작은 편린에 지나지 않아도

이승을 살기에 어렵지 않아
이승에서 우리가 알 수 있는 것만으로
그대와 나 그리고 우리를

인도하여 주소서

대화, 그 사이

그 날
숱한 얘기를 했어도
진실이라고 정말 진실이라고
숱한 얘기를 했어도

가슴에 미어지는 것들도
다 내 놓고
진실이라고 정말 진실이라고
다짐하며 말했어도

끝내
그대와 나 사이
시 한 구절 남은 것 밖에 없나 보다

교회를 나오며

입안에서 맴도는 말을 되뇌인다
사랑하니라
사랑하여라 누군가 자꾸 말한다

진작에 나는 사랑하였으므로
주일 예배를 드린다
사랑은 믿음의 바탕에서 벅차게 솟아난다

*"믿음은 바라는 것들의 실상이요
보이지 않는 것들의 증거니"
한시라도 사랑을 배반치 마라

사랑하니라
사랑하여라

* 히브리서 11-1

슬프지 않은 슬픔

나는 꿈을 꾸지 않는데
꿈은 자꾸 곁으로 다가 온다
그러니 꿈을 꾸며 살 수밖에

내가 꿈을 꾸지 않고 살려는 것은
세상에 아직까지도 꾸었던 꿈을
하나도 이루지 못하였다는데 있다

그래도 누가 있어 꿈을 들고 찾아오니
옆에 붙어있는 꿈을 버리지 못하고
꿈을 꾸는 시늉을 해야 하니

교회를 나가고 문학을 한다고
그것도 시를 쓴다고 시집도 내어 보는데
그 꿈이 만족할만한 내용이 아닌 것 같다

그렇다, 나의 모든 것은 그저 시늉에 그친 것
내가 새로운 길을 걷는다는 것이 결국엔
먼저 간 사람들이 내어낸 길이라는 것을

그래서 그냥 흉내 낸 시늉이 되었다는
슬픔은 항상 내게 쌓이고 꿈을 꾸고 싶지 않은데
다음 날 동녘에 식은 꿈을 또다시 들고 일어난다

아무도 모르는 이 슬픔의 꿈들을 짊어지고

그대 지금 행복하다면

그대 지금 행복하다면
지난날 어리석고 잘못 된 것을
잊을 수 있다면
지금 행복하여 지난 불행했던 것들이
과연 면죄부를 주어 행복한 것은 아닐진대
행복하다는 어리석음을 어찌하리

생명이 이루어지는 바닷가에 서서
하나님을 부르며 달려오는 파도속에서
온몸의 피가 몰려오는 희열을 느꼈다

이유 없는 슬픔

내 이리 흐르는 눈물이
얕은 냇[川]가 모래알 몰고 다니는 물질에
훤히 제 속살을 비치는 마음일지라도

깊고 넓은 소리를 몰고 왔다 가는 파도에
부딪쳐 흐르는 눈물보다야 못할지라도
흐르는 눈물이야 똑같을진대

내 이리 흐르는 눈물이
한밤중 잠깨어 흐르는 눈물이
어찌 자꾸 서럽게 다가오는가

네가 서러운 것이나
내가 서러운 것이나
서러워 눈물 흐르는 것이

한계

다 하려해도 다 하지 못하는
하늘의 깊이와 바다의 깊이 때문에
꽃이 피고지는 것도 다 헤아릴 수 없는 것 때문에
해와 달과 별이 뜨는 것을 다 헤아리지 못하여
온 몸으로 부딪쳐 짐승처럼
살아 온 것으로도 다 헤아리지 못하여
나는 당신에게 갔었습니다
발걸음소리가 날까 조심스럽게
비가 부슬부슬 내리는데
우산을 썼어도 스며드는 빗물에
눈시울을 적시며 당신에게 갔습니다

어떤 고백

친구여,
나는 내가 누구인지 모르노라
태어나서 나는 부모에게 있었고
자라면서 학교와 친구에게 있었고
군대 가서는 나라에 있었고
취직을 해서는 직장에 있었고
장가들고 아이 낳았을 때는
아내와 아이에게 있었고
이렇게 이 세상 이 사회에 있었으니
내가 누구인지 모르고 살아 온 것이
당연하지 않는가
이제 인생 막바지에 나를 찾으려 하나
아직도 내가 누구인지 모르노라
내가 무엇인가, 도대체 무엇인가
이제, 나에게 있는 모든 것들이
사랑으로 변해서 눈물이 되는 것을 보면서
이 글이 나에게는 가장 진실 된 것임을
고백하노라 "나를 밝혀주소서"

이별송離別頌

우리 이제 서로 잊기로 합시다
그 머언 추억의 어지러움 속에서 벗어나
이제 우리 서로 잊기로 합시다

아무것도 서로가 가질 것 없이
그저 상처 난 가슴과
아픈 마음 쌓여가는 세월을 잊듯이
우리 서로 이제는 잊기로 합시다

간혹, 아름다운 추억 있어 못 견딜 양
생각나거든 오늘 내 살아가는 아픔 잊어버리는
꽃향기라고 합시다
이제 우리 서로 잊기로 합시다
한없이 너울대며 다가오는
서로의 환영을 잊기로 합시다

서로가 사랑하는 마음
한밤중 반짝이는 별빛을 보면서
별빛 더욱 반짝일 때 우리 사랑이었다고 말하며
우리 서로 이제 잊기로 합시다

사랑이라고 말하기엔

사랑이라고 말하기에는
우리 사이에 어울리지 않는지도 모릅니다
지난 세월의 애증 속에서
우리가 버릴 수 있는 것이 너무 많지만
우리는 서로를 버리지 못하고 있는지도 모릅니다

사랑이라고 말하기에는
너무나 많은 그대와 나 사이 사연은
낙엽처럼 뒹굴고 있지만
그래서 우리는 스무해가 다 되어가는
이별 속에서도 스스럼없이 찾아오는
봄처럼 서로를 기억하는지도 모릅니다
사랑이라고 말하기에는
너무 많은 아픔이 있기에

무제無題

나는 나이 서른이 지나 세상 사는 것을 배웠다
세상사는 것이 무언지도 몰랐다
그렇게 세상을 살려고 노력해도
10대, 20대에 세상은 오지 않았다
그런 속에서 시를 붙들고 시를 애원했다
시는 아니 오고 사람이 왔다
사람을 보았다
너무 많은 사람속에서 사람하나 보지 못하는
눈 뜬 장님의 10대, 20대였다
사람을 보려고 하는데 사람은 아니 오고 세상이 왔다
아! 이 세상 부질없는 세상
요지경 같은 세상 아니 아니
아름다운 세상, 한없는 세상, 아! 이 세상
그러나 세상은 없고 사람만이 있었다
세상에 있는 사람의 세상
웃음과 기쁨
눈물과 슬픔
분노와 원망
저주와 질투
사랑과 미움의 세상

가을이 지나는 포구에서

봄빛보다 가을빛이 더 포근하였다
가을빛이 갯벌에 녹아들고 있었다

갯벌은 선사시대를 꺼내어 들고
멀리 파도의 소리로 역사를 말하고 있었다

가을이 지나는 포구에서
깨어나고 있는 가을빛에

바람은 한 점도 없었다
하늘을 보고 누웠다
조그만 사내아이가 오라고 한다
조그만 계집아이도 오라고 한다
괴테의 샤를롯테부프가 오라고 하고
니체의 루 살로메가 오라고 한다

사랑해야 하는데

사랑해야 하는데
몸과 마음이 어디로 가야 하는지 모르고 있습니다

먼 곳에서는 눈보라치듯 추움이 몰려오고
가까운 곳에서는 거센 바람이 불고 있습니다

무슨 사랑으로 이 거센 바람과 눈보라를 헤치고
당신에게 갈 수 있겠습니다

메마른 가슴을 어떻게 데워 가지고
당신에게 갈 수 있겠습니까

내가 살 수 있는 사랑해야 하는 수많은 외침을
신들은 얼마나 들어 주고 있을까

별리別離

서로 마주보다
점점……, 멀어지는
그림자도 없는
그대 뒷모습에 바람소리뿐

사랑 앞에서

꿈인 것 같아 그대를 만난 것이
어쩌지, 어떡해야 하지
그대 앞에서 서성이며
한 발자국도 갈 수가 없어
그대 오라하며 손짓하는데
나는 망설이며 하늘만 바라봐
어렵게 숱한 세월 지나서 만난
그대에 대한 사랑이 무서워
어떻해 감당할까 두려워 조금씩 조금씩
그대에게 다가 가보지만
나의 능력을 바라보며 더 다가가지 못하는
세월을 한탄하며 삶이 이런 거였다면
차라리 내가 세상을 살아간다는 것이
꿈이었다면 좋았다는 생각이야

그대를 안고 세상에 나선다는 것이
너무 어려운 것은 현실적으로 줄 수 있는 것이
아무것도 없다는 것이야
마음만 가지고 그대를 사랑한다고 세상에
말한다면 나를 얼마나 신뢰할까

그래서 나는 내가 무서워
안타까워 서글퍼 아쉬워서 주저하고 있어
이런 내 맘 알지
당분간은 그렇게 알아줘

사모思慕

불타는 창으로
두견의 울음이

6월 한 달 장마치듯
쏟아져 들어온다

절창絶唱

가난이 울어 눈물이 꽃으로 피다
술 먹은 듯 취한 향기 속에 깃발처럼 솟아나다
사랑은 그 속에서 하나의 씨앗이 되어 가슴에 움튼다
하늘아래 흘러가는 구름 속에서
그대가 지나간 자국이
가난이 꽃으로 피는 것을 보았다

도라지꽃

세상으로부터 흘러온 쓰디쓴 맛들이
빗물되어 땅속 주머니에 깊이 들어와

노랗고 하얗고 자줏빛 얼굴이 되어

어쩌다 마주치는 그대가
예쁘다고 흘리는 한 말씀 듣고자 피었음이어
쓰디 쓴 세상의 맛들을 곱게 화장시켜

이슬같은 사랑 만들어 그대 곁에 있으리

가을이 주는 것

시를 쓴다는 것이 너무 허전하다
입추가 훨씬 지난 거리를 걸어본다
햇살은 따가운데 더운 것을 느끼지 못한다
가을의 문턱에 서 있나보다
곧 겨울이 오겠지
살아가는 것이 즉, 생명을 유지한다는 것이
칠순의 고개에서 어지럽다
멍청한 하늘처럼 망연한 눈동자가
하늘에 걸려 있는가
생명을 누가 나에게 주었던가
수만년을 이어온 뿌리를 주워 시를 쓰다가 만났다
하늘이 소리치는 말씀으로부터 시작된
생명을 만난다, 오들오들 떨며 말씀을 더듬으며 시를 쓴다
그리고 가을의 낙엽이 딩구는 거리를 걸어 간다
허전하다, 살아간다는 것이 여전히 허전하다

가을, 낙엽, 그리고 시

가을, 낙엽 그리고 시속에 온 몸을 마끼고 싶다
어떡해야 하는가
망설임으로 이 시대의 변두리에서 희망하고
염원하는 탓을 그대에게 전하기에는
아직도 이 마음은 게으르다

마냥 게으름뿐일까
아무것도 그대 앞에 기대어 질 수 없는 시를 쓰기에
그저 서러운 몸짓은 게으르고 있다

어느 날 문득
이 한 몸 한 줌 재같이 스러지는 현장에서
시 한 편 읊을 수 있으리
무명한 천고의 하늘아래 숨 쉬는 미생물처럼
그 처연한 몸뚱이를 보면서
시 한편 읊을 수 있으리

아름다움을, 사랑을,
가을, 낙엽, 그리고 시에게

봄의 문턱에서

서러운 마음도 접어두고
슬픈것들도 접어둔 지금
봄의 문턱엔 봄바람만 일고 있습니다

그저 무심한 채로 오늘도 하루를 보낼 수 없다는 듯
휭, 하니 빈 듯한 가슴속에선
그대를 부르고 있습니다

스스럼없이 연가를 부르기에
이 세상은 너무나 어렵고
사람들의 가슴도 쉽사리 열수는 없을 것입니다

다만,
내가 보내는 미소로 답할 수 있는
미소만 되돌아 올 수 있다면
그저, 무심한 채로 이승에 남아 있을 수 있을 겁니다

거울 앞에서

김재천 시집

2부 / 개안 開眼

개안開眼

한밤중에 깨여있음을 이해하라
검은 욕망이 바람처럼 몰려와도
멀리 있는 것 같이 보이는 빛으로
가늠하리니
새벽의 밝아오는 빛들이
그대를 평안케하는 사랑으로 맞이하리니
깨여 있음이 그대에게 얼마나
소중한 것인가를 보물처럼 맞이하라
신들을 향하여 가는 발걸음이 되리니

바람이 어디서 오는지 모르듯이
우리도 어디서 왔는지 모른다네
바람이 어디로 가는지 모르듯이
우리도 어디로 가는지 모른다네
오고가는 것을 모르듯이

시혼詩魂

이 몸의 물방울
넋이 되어 떠도는
안개꽃 꽃망울

자화상自畵像

세상의 슬픈 기억들 속에서 바라보면
모두가 허허한 허공

바쁜 걸음 옮기는 뒷모습에서
별리別離를 터득하는 구름장 하나

차라리 애련한 시선 머무는 허공속에서
인영人影을 떨구고

말없이 하루에도 서너번씩
파란손수건을 흔든다

머무는 하늘가에 별빛이 많아서
신의 손길에 빚어진 일월日月

그 속에 머무는 남루한 철학哲學이여
그대 어찌 예까지 왔누!

깨워져야 하리라

깨워져야 하리
그대의 힘으로 하지 못하는 것들에 대하여
못 미치는 것들에 대하여
모든 지혜로도 그 어떤 기계의 힘으로도
그대가 가지 못하는 길이 있음에
깨워져야 하리

일깨워져 사랑받게 하소서
가까이 갈 수 있도록 하소서
사랑하게 하소서

일깨워지지 않는 것은 무엇 때문인가
그 숱한 장막은 과연 무엇인가
아직까지도 남아있는 원죄의 숨결을
걷어내지 못함은 무엇 때문일까
원죄의 숨소리를 듣지 못하는 것은 무엇 때문일까
신의 시험으로 남아있는 까닭인가

생명이 다 할 때까지 일깨워야 하리라
신이 준 생명은 그렇게 되는 것이리
마지막까지 일깨워져야 하리라

무영산조無影散調 1

기다림 없는 허공을 바라보면
어디선가 떨어지는 꽃 그림자
먼 기억조차 잃어버린 시간속에서
무슨 그리움이 있어 꽃 그림자 되어 있는가
그저 허공에 기대어
사랑했었던 것과 사랑할 수 있는 것만으로
만들어 진 그림자 되어 나타난

꽃 한 송이

무영산조無影散調 2

그림자 없는 그늘 속에서
나그네가 쉬여 갈 수 있는 것은

구름을 스치는 바람소리와
허공을 가르는 새들의 휘저음 소리와

우주의 소리 없는 공간을 메우는
신의 음성이 들리는 듯 전해오고

한 송이 꽃망울이 언어가 되어
연인의 몸짓으로 다가 와

활짝 핀 꽃으로 피워지는
휴식같은 찰나의 머무름 때문이 아닌가

습작품을 올리며

썼다,

그냥 쓰고 싶을 때마다 등 너머로 이해 한 것을 겁도 없이 그냥 쓰면 되는 줄 알고 썼다

시에 대해 제대로 공부한 것도, 무슨 재능이 있는 것도, 아무런 앎도 없이 그저 쓰고 싶은 마음만 가진 채 썼다

그냥 쓰고 싶어서 썼다고 하는 것이 적당한 표현이 될 것이다

그렇게 쓰고 나면 스트레스가 풀려서 편했다

시인에 대한 호기심이 발견되면 시를 읽고 시인을 바라보고 흉내 내듯 시를 썼다

시를 배운 것이 아니라 시인을 동경하며 시를 썼다

습작기의 시들은 그렇게 생겨났다

서랍에서 다시 꺼내 들고 읽어보니 내가 왜 이런 글을 썼는가 의아하기도 하고 이해가 가지 않는 부분도 있지만 하여튼 내가 쓴 것이니까 그냥 버리기에는 현재 내가 시를 쓴다는 입장에서 가지고 가기로 하고 기회가 닿아 습작기 작품을 중간 중간 20여 편 시집에 담아 보기로 하였다

평가 될 것도 없고 평가 대상도 아니지만 그렇게 썼으니 버릴 수 없는 한 시절의 흔적으로 치부하고 수록하기 하였다

습작기시절의 열망을 해부해 보기 위하여 또 하나의 거울을 만들어 보자는 의도가 된다

쌀 한 톨이

쌀 한톨이
내 생명을 짊어지고
어울러 사는 세상에서
숨을 쉬고 있다

실재實在

우리의 죄는 과연 어디서부터 오는가
최초의 죄의 소리가 어찌 용서 되었는가
최초의 *제물로서
당신의 아들임을 예언 한 것이라면
우리 앞에 실재하시는 당신
우리를 바라보고 계시는 당신

믿음으로 바라보라
사랑으로 실행하라

* 아벨의 양

자연自然

말로 꾸미지 않아도
산은 그대로의 모습으로
서 있고

꽃들은 스스로 가꾸고 피어
가슴속으로 파고 들어오며

말로서 이루지 못하는 말들이
입어야 하는 옷들은
운명이 다 할 때까지
그대로 그대에게 다가갈 때

무엇이라고 말하지 못하는 진실 앞에
반드시 그 모습을 나타내며
손을 내 밀 것이다

존재론

나는 지금 한 마리 짐승이 되어 있다
눈을 번득이며 주위를 경계하는 눈초리에
먹이를 노리는 식욕과 수놈으로 종족을
번식시켜야 하는 성욕만을 가진 채
방안에 웅크리고 앉아있다
짐승의 본능만을 가진 채
사람이 가지는 명예니 돈을 벌어야 하는 욕망이니
권력을 가지고 남 앞에 서서 만족한 웃음을
바라는 것은 아예 내 것이 아닌 양
나의 시간은 그렇게 흐르고 있다
사람의 탈을 쓰고, 사람의 탈을 쓰고
그렇게 살아있다는 것이 왠지 모르게
슬프다

마애불 13

온 몸이 깨우침을 받아
여인들이 스스로 곁을 찾아와 빌어도
헐벗은 채로 있구나

끊기 어려운 정욕에 굴복한
서경덕의 회한이 면벽한 토굴속에서
무릎을 꿇고 아, 하늘이여

오 하늘이여 외치며
아직도 이내 몸은 깨우침이 부족함을
한탄하고 있구나

에덴의 향수

가끔식 잊고 지내던 미명의 미술관을 찾아 간다
손에 잡힐 듯
그림이 한 폭 걸려있다
그림의 제목은 "고향"
한참을 바라보고 있으면 멀어져간다
가까이 있으나 멀리 있으나 그리운
어머니가 머물러 계시던 곳
운명처럼 사람의 심장에 돌고 있는
핏방울이 되어 있다

하늘 이야기

내가 시시때때로 창문을 열면
하늘은 스스로 무겁다고 한다
스스로 비어있어 푸르다고도 한다

태양과 달과 수많은 별들을 가지고 있으면서도
아무것도 가지지 않은 것처럼 비어있다고 한다
그러나 숱한 것을 보고 있기에

숱한 것을 듣고 있기에 무겁다 한다
하늘은 내가 한 짓은 반드시 되돌려 준다고도 하고
내가 한 짓은 반드시 알려주기에 무겁다 한다

나는 가벼운 하늘이 보고 싶은데
무겁다 하는 하늘을 바라보며
창문을 닫아도 비치는 손바닥만한 하늘을
열심히 바라보며 아무것도 가지지 않은 하늘이
왜 무겁다 하는지 알 것도 같은데
내 몸을 바라보며 어찌 하겠는가 하고 체념한다

그래도 나는 무거운 하늘을 항상 비워야 한다고
창문을 열심히 열고 있다

묵상默想의 언어

허공속에서 결국 신과 만나게 되는 기쁨에 대하여
찬양(노래)되어야 하리
그것은 의지依支가 아니며
숱한 날의 묵상과 기도로서
인류의 족보를 위하여 자신이 서 있는
세상에 대한 의지意志일 뿐
살아가는 힘이란 결국 그 의지에 대한
철저한 믿음이라는 것을
그리하여 사랑이라는 것의 관계는
오로지 실천이 요구되는 것이라는 것을
깨달음 속에서 바람같이 요동치는 것이 아닌가
바람에 실려온 것이 아니어라
빗물에 담겨져 온 것도 아니어라
소소한 달빛이 바란 것도 아니어라
찬란한 봄빛이 비춰 준 것도 아니어라
우리가 찬양하는 영원할 것 같은
태양의 긍정도 아니어라

일생동안 사람으로서 추구한
신에 대한 선물이 아니리

신이 주시는 대가가 아니리
그 영원함이란,

촉수觸手

시간이 온 몸을 갈가 먹고 있는데도
손톱만이 그 뼈대를 온전히 지키며
촉수로 육신을 지탱하고 있다
거울속에서 더듬거리는 촉수를 앞세워
사람들 앞에 나서는 짐승을 본다
아직도 사람들과 사귀는데 익숙하지 않은
고양이와 친하게 지내며 침팬지같은 시늉으로
사람 흉내를 내인다
그것은 옛날 호랑이와 곰이 신화처럼 등장한
믿음의 첫걸음 같다
정복자를 우러르며 도깨비에 홀려서
귀신을 앞세운 걸음걸이는 결국 무당의 춤에 빠져 버린
혼령들 속에 갇혀져 버렸다
아무리 써도써도 닳지 않는 손의 촉수는 암컷을 더듬는다
암컷은 긴 촉수로 숫컷의 피부를 건들여
믿음의 통로를 만들고 혼령의 춤을 추는 달빛속으로 스며든다
사람은 아직도 없다
아직까지 짐승들의 울음소리가 달빛을 타고 흐른다

첫 번째 여자는 고양이를 좋아하고
두 번째 여자는 강아지를 좋아하고

세 번째 여자는 물고기를 좋아하고
네 번째 여자는 새를 좋아하고
다섯 번째 여자는 호랑이를 좋아하고
여섯 번째 여자는 곰을 좋아하고
일곱 번째 여자는 사슴을 좋아하고
여덟 번째 여자는 사자를 좋아하고
아홉 번째 여자는 소를 좋아하고
열 번째 여자는 뱀을 좋아하고
열한 번째 여자는 도깨비를 좋아하고

이상李霜 소감少監

1

어둠이 그대 가슴에 스미면 부엉이가 울었다

달빛의 비늘 떨어지면 어둠을 살라먹고

어둠의 물방울을 그대 가슴에 흠뻑 적시며 울고 있었다

2

입춘이 훨씬 지난 3월에 바람이 불고 있었다

동짓달 바람보다도 더 차갑게 불면서

비를 뿌리고 있었다

창문을 열면 3월의 하늘에

아침이슬이 물방울 되어 맴돌고 있었다

3

어제의 꿈이 달리의 늘어진 시계속에서

숨쉬고 있다

연못에 떨어진 하늘 한 조각에 기대어

숨쉬고 있다

거기서 부는 바람이 또 다시 바다로 가서

바다의 어딘가를 헤메고 있다

4

바람은 바다의 어디선가 불어오고 있다
가장 가까운 지평의 바람도 불어오고 있다
지금 무엇을 하고 있는 사람들은
저마다의 십자가를 짊어지고
골고다의 어디쯤을 가고 있다

현실現實

1

시를 쓰는 것은 내 안에 시가 없기 때문이다
하늘에 매달린 시를 보면서도
대지에 지천으로 딩구는 시를 보면서도
시를 쓰지 못하는 것은 내 안에 시를 쓰지 못하는
피가 흐르고 있기 때문이다

2

호곡號哭하는 장마의 뜰 앞에서
나는 한 마리 개가 되어 짖는다
둥둥 떠다니는 개집에 웅크리고 앉아
짖는 재주마저 잃어버릴 것 같은 공포에
장마는 또 한 번 웃고 지나간다

3

과거로부터 달려 온 현실은
미래의 아무것도 말하지 않고
알몸으로 부닥쳐 올 모양이다

4

언어의 예언은 미래로 달려간다
미래는 무슨 얼굴로 다가오느냐
현실 없는 미래가 과거가 된
시어詩語 속에서 현시되고 있다

야경夜景

밤3시 잠을 깬다
외딴섬이 되어 있다
파도의 거품은 진실이며
파도는 진리가 되어 있다
담배 한 대 피운다
담배는 진리처럼 진실같은 연기를
피워 낸다
질주하는 자동차의 불빛은 어둠속에서
등대가 되어 있다
진실과 진리를 구별하는 것은
피부속에 감추어진 피와 온몸의
장기를 구분하는 것과 같다

자유유감自由遺憾

핏빛에 핏빛을 적시며
*사하로프는 가고 있다

동목冬木이 되어 노을속으로 가고 있었다
시베리아의 설야雪夜가 까만 씨앗의

자유를 잉태하고 있었다

* 소련의 핵물리학자, 75년 노벨평화상수상. 소련에서 인권, 시민자유, 개혁을 외치다 11년간 유배당함

서시序詩
- 시의 영혼靈魂

한마디 싯구에 쌓이는 한방울의 눈물
한마디 싯구를 스쳐가는 영원永遠과
영겁永劫에의 약속 언어의 뿌리와
자연의 음향音響이여

광하狂夏

장마가 온 한밤중
비는 안 오고 번개만 쳤다
번개의 불빛이 빈 하늘을 가르고 있었다

불켜진 창 너머에서
번개가 가른 빈 하늘이
어둠속으로 떨어지고 있었다
낮에 보면 파란눈동자 같은 하늘이

길 위에서

바람은 가는 길을 묻지 않는다
어디서 와서
어디로 가는지도 모른 채
길 위에 그림자도 없이
스스로 왔다 스스로 사라질 뿐

숱한 물음에도 대답 없는 바람은
길도 없는 길을 가고 있음을
알고 있는 까닭에
외로운 것도 서글픈 것도
알고 있는 까닭에

바람은
가는 길을 묻지 않는다

삶의 이유

여지까지 내 살아있음은
70년이 넘은 죄를 아직도 씻지 못했다는
하늘의 심판이 떨어져 있음인가

그 죄를 다 씻은 다음
너를 거두리라는 말씀 때문에
아직까지 살아있게 두는 것임을
이제 알았으니 용서하소서

괴롭고 아프고 슬프고 온갖 어려움 속에서도
저를 살려 두심이 죄를 씻으라는
하늘의 명령임을 이제 알았으니
주여, 용서하소서

습작품을 끝맺는 말

왜 나는 글을 쓰는가?

글을 쓰는 이유는 내가 이 세상을 다녀갔다는 사실을 한 사람에게라도 남겨야 한다는 것이다

무수한 사람들이 까닭도 모른 채 태어나서 죽는 세상에서 나 하나인들 예외는 아닐성 싶은데 나는 그것이 정말 싫은 것이다

그래도 자식을 남기는 사람들은 자신의 제사라도 지내주는 아들이라도 낳아서 자신의 흔적을 남기면 된다는 아주 소박한 미래관을 가지고 있지만 나는 그런 소박한 미래관을 긍정하지 않는다

왜냐하면 그것은 아주 본능적 행위의 다름 아니기 때문이다 그래서 나는 항시 외로웠다

어느 때 어느 순간이라도 외로웠다 이 천상의 형벌같은 고독함은 기쁠 때나, 즐거울 때나 어느 때나 감정을 표출시켜야 하는 순간순간 속에서도 나는 외로움을 견딜 수가 없었고 잊을 만 할 때도 어김없이 불청객처럼 스토커처럼 나의 주위에 있었다 아니, 붙어있다는 표현이 어울릴 것이다 내 삶을 혹시라도 들여다 본 사람이 있다면 나의 이런 말을 부정할 것이지만 그것은 나의 표피에 불가한 것들을 보았다고 지적치 않을 수 없다

그래서 나는 쓰기로 하였다 어디서부터 어떻게 써야 하는지도 모른 채 그냥 썼다

눈으로 읽은 책들과 시집 속에서 보았던 것들을 흉내 내면서 그냥 썼다

그렇게 지내다 우연히 정말 우연히 등단의 길을 걸었다

시집도 내 보았다 그러나, 아직까지 나는 습작기의 시간을 벗어나지 못함을 자각한다

아직도 나는 “아웃 사이더”다

시란 무엇이인가? 나는 이 물음에 아무렇게 답 할수 없는 크나큰 거리감을 갖는다

그래서 아직까지 쓴다는 에너지가 사라지지 않고 있는지 모른다

거울 앞에서

김재천 시집

3부 / 가을 곁에서

가을 곁에서

피 뿌리며 섯는 그대 곁으로
안개꽃 바람이 울며 지나가고

그대의 가장 끝에서는
계절의 순환이 맴돌며
허공의 가장 깊은 숨결을 더듬고 있다

피 뿌린 듯 섯는 그대 곁으로 떨어지는
안개꽃, 한 잎, 두 잎, 세 잎……

입춘立春

머-언 곳
홀로의 불꽃이 스러져 백설이 되었나
오!
허공의 음계音階로다

입춘의 밤 눈 내리는데
한밤중 잠깨어
한 목숨 부둥켜안고 울어라

처음, 그리고 끝

우리에게 "처음"이 시작되었을 때부터
우리에게 다가 온 것은 세상의 모든 것이었다
그럼에도 우리는 무언가를 더 가지려하여
세상의 모든 싫음이 시작되지 않았겠는가
다가 온 것의 앞에서 그냥 바라보고 즐기는
느낌과 다가가서 자신의 체온을 남긴채
헤여졌다면 그 싫음은 저절로 사라지고
다시 만나는 재회를 약속하는 기다림과
그리움을 가지며 나날을 걸어가지 않았을까
살면서 남아있는 아쉬움이지 않을 수 없다

발자국 소리

오늘도 어김없이 그녀는 다방에 나간다
손님들이 찾지 않는 옛날식 다방에 나간다
카페식 커피숍을 찾는 손님들은 이제
옛날식 다방은 찾지 않는다
그래도 그녀는 문을 열고 기다린다
혹시나 옛 생각에 찾아올 손님들을 기다린다
그래도 옛날엔 선남선녀가 선까지 보고
송사에 열내며 따지던 자리가 비어있고
동문회니 모임이니 하며 제일 비싼 쌍화탕 내음을
들이키며 웃고 떠들던 목소리만 들려오는 듯 한데
손님들에게 추파를 던지던 아가씨의 모습에
애틋한 마음들만 떠도는데 이제 그런 자리엔
고양이가 차지하고 하얀 털을 날리며 있다
시간이 멈춰 선 자리
벽에 걸린 그때 그 시계는 여전히 돌아가고
그녀는 시간이 멈추어진 자리로 돌아간다
세월을 깨우는 시계소리에 그녀는 잠에서 깨어나
오늘도 어김없이 다방에 나간다
*"속아도 꿈결, 속여도 꿈결"

* 이상의 수필 「봉별기」 중에서

자목련

음력 늦은 춘삼월 그대를 만난다
백목련 시들은 봄 하늘 저편
신의 사자같은 자색 옷을 봄빛에 나부끼며
눈속 언저리 맴도는 그대를 본다
자색 옷 펄럭이고 그대 봄빛 같은 속살
사뭇 눈부셔 뜨거운 눈시울
살아있음을 증명키 위한 숨김속의
살갗은 그리도 눈부시단 말인가
살아있음이 부끄러운 숨김속의 순결을
말하고 있음인가
오! 무언의 화사함속에 봄빛이 머물다
돌아간 자리에서 그대를 만난다

부초浮草

세상을 뚫고 흐르는
저-기인 강줄기에
떠도는 풀잎이 되어
떠도는 꽃잎이 되어

바람이 센 날

바람이 센 날
뿌리 없는 것들은 허공을 날고
세상은 온통 혼란하여도

똑바로 숨 쉬는 나무 잔가지는
작은 무게로 버팅기고
숨쉬는 자유와 평화의 공간을 만들어

센 바람의 억압을 이겨가나니
흡족해 하는 침묵의 승리라
그러한 승리의 결과로

어느 곳에서 센바람은 미풍으로
다가오는 것이어 늘, 그것을 바라는 것은
결국 하늘의 뜻이 아니리

죽은 듯 잠자는 사람을 깨우지 마라
그는 죽은 듯 꿈을 꾸고 있는 것이다

안개

아무 말씀 없이 보이기만 하는 그대
가슴 깊은 곳에 피 흐르듯 구비치는 햇살을
한웅큼 주먹 움켜쥐고 설레이는 몸짓으로 만나야 하리

홀홀한 그대 나신 속에서 울어야 하느니
빛으로 이룰 수 없어 그저 그 울음 받히며
걸어가나니

어느 날

어느 날
갑자기 내가 그대들의 곁을 떠난다면
아름다운 이 세상 그저 소풍 왔다 간 것으로
생각하는 어느 시인처럼 훌훌히 떠난다면

죽음이라는 이 간단명료한 말속에
지내 온 이승의 많은 이야기꺼리를
머물다간 흔적이 그대들 곁에서 떠 돈다면
다 어찌하리오

어느 날
갑자기 내가 그대들의 곁에서 떠난다면
지금 내 눈가에 어리는 눈물과 똑같은
눈물 한 방울 흘려 줄 것인가

어느날
갑자기 내가 그대들의 곁에서 떠난다면
화사한 봄빛으로 치장한 매화 꽃잎에 덮여
이승의 많은 한을 털어버리고 떠난다면.

길가에서

오늘도
여린 햇살 사이사이로 바람이 불었습니다
봄날의 문턱에 비 내리듯
걸어가는 등 뒤에서 밀어닥치는 바람에
장대같은 몸을 간신히 가누었습니다

사랑만이 전부라는 것을 믿는 사람이라고
서글픈 유행가 가락에 막걸리를 마시며
간신히 몸을 가누었습니다

내일도
그 여린 햇살 사이사이로 걸어가며
사랑이 전부라는 것을 믿는 사람이라고
우기며 바람 앞에 서라고
간신히 홀홀한 몸을 가누었습니다

숨어있는 마음

한국문학에 피 뿌리듯 장열한 사투를 벌인 이상을 골고다의 예수로 표현된 (동경 이상의 하숙집 만난 김기림의 소감) "이상"의 "숨어있는 마음"을 한쪽 찾아보기로 한다

그것은 한국인의 뿌리로 다가 왔기 때문이다

그의 수필중 "슬픈 이야기"가 실제의 사실로 진술한 그와 동거한 여인 - 수필중 가명 변동림은 근대화가 곱추 구분웅의 배다른 동생 - 이며 그의 사후에 김환기 화백의 부인이 된 김향안 여사는 말한바 있다

자하문 밖 숲이 우거지고 냇물이 흐르는 산속의 작은 집 한 채를 구해서 지낼적이 이상에게는 그래도 제일 행복하였던 시절이 아니였는가 회고(박태원 회고) 하였다

그때의 가장 노릇은 물론 변동림이 다방의 여급으로 일하며 호구를 지탱하였지만 퇴근시에 항상 이상과 집으로 돌아가기 위하여 혜화동 로타리 부근에 일경의 검문소를 지나야 했는데 이상은 항상 일경의 검문을 당하였다고 한다

그도 그럴 것이 히피족처럼 머리를 길게 기르고 창백한 안면으로 유창하게 일본어를 구사하면서도 한복두루마기를 입고 있으니 검문은 필연이었을 것이다

그때마다 부인인 변동림은 변호인이 되어 일경에게 말하여

이상을 달래며 집으로 돌아 오곤 했다는 것이다

그가 남긴 사진에는 한복의 사진이 없는 것으로 안다

말쑥한 양복차림의 모던보이 정도로 기억되는 그가 한복두루마기를 입고 있었다는 것은 얼마나 인상적인가

그의 시 오감도게재가 중단되었을 때 "우리는 남보다 얼마나 뒤떨어져 살아야 하느냐"는 절규는 식민지시대를 살아가는 지식인의 마지막 충언이였을 것이다

그 후로 그는 한 마리 나비가 되어(김윤식교수의 표현) 현해탄을 건너가고 한민족의 고유한 전통적인 습관에 젖어 유랑인이 되어 그리고 유골이 되어 그의 부인 품에 안겨 현해탄을 넘어올 때 우리는 과연 그에게서 무엇을 보아야 하였을까

한복두루마기 한 벌 속에 숨어지는 저항심과 한복으로 표출되는 조선의 선비정신이 아니었을까 그것은 두루마기의 그 여유로움과 넉넉함이야말로 한국인의 숨어있는 마음이 아니였을까

그가 백부가에서 있을 때 하숙을 하던 보령시에서 거주하며 화가지망생이였던 "고,문종혁"씨(잡지 여원 인터뷰)는 말했다

엎드려서 무언가를 끄적이다가 갑자기 밖에 나가 한참을 있다 들어온 이상에게 "어디 같다 와" 하고 물으니 화장실에 앉아 달과 얘기하고 온다고 하였단다

그 상황을 상상하다가 다음과 같은 시를 써 보고 싶었다

열다섯내지는열여섯의아이가재래식변소에앉아나무틈사

이로흘러가는둥근보름달을보고있습니다멍하니보고있습니다이쪽의아버지와저쪽의아버지사이에서태어난아이는이쪽의어머니와저쪽의어머니와그리고이쪽의어머니아들과저쪽의어머니아들과딸에게무어라말하고싶어도이쪽의아버지와저쪽의아버지사이에끼어말하지못하고있습니다열다섯내지는열여섯의아이가재래식변소에앉아나무틈사이로흘러가는둥근보름달을보고있습니다멍하니보고있습니다

묵상하는 고백

낯설은 너는
이미 내안에 있었던 것처럼
친숙하게 다가 와 있음을

너는 모르리라
살아가면서 셀 수 없이 많은
사람과 사물을 만날 때에도

이미 내안에 있었던 것처럼
익숙한 시선을 주고 받을 수 있었던 것도
하늘의 뜻으로 여겨

고백하여라
묵상의 예배를
나도 모르게 드리고 있지 않았던가

인간아, 인간아

인간아!
인간아!
가인을 부르고 있었다
사람을 부르고 있었다
만물 중에 가장 나중에 만들었다는
사람을 부르고 있었다

아벨이 순한 양을 제물로 올린 것은 사람이었다
창세기부터 지금까지
아직도 사람을 부르는 소리를
하늘은 소리치고 있는 것이다
인간아!
인간아!

섭리攝理 4

사랑으로 흐르는가 저-구름은
사랑으로 흐르는가 저-바람은
가슴으로 젖어드는 저-사랑은

누구의 것이기에 이토록 끊임없이
그리움과 기다림을 요구하는 가

남은 것은 피폐한 한줌 흙뿐이거늘
천형天刑처럼 나타나는
이 지독한 사랑이라는 울림

소리 없이 찾아와
세상 속에서 꿈꾸게 하는 가

생명

우주의 어디선가
곤충인가, 나비인가, 새인가
날아오고 있었다
지구로 들어 와 날지 못하고 기다가
걸어가고 있었다
생명있는 것은
기다가, 걷다가, 뛰다가 날고 있었다

사람도 기다가, 걷다가, 뛰다가
날고 있었다
기실은
기는 것도 날고 있는 것이요
걷는 것도 날고 있는 것이요
뛰는 것도 날고 있었는데

나의 베아트리체는 어디 있는가

숙명

머리카락 끝
온 몸 피부의 끝
태어나며 싸우고 있었다
세상이 아무것도 허락하지 않을 때
끝머리에서는 쉴새없이 반복하며
침투할려는 세력과 막으려는 방어가
전염병과 싸우듯이 생과 사를
찰나에 두고 있었다
그것이 섭리인양 머리말에서는
항상 식은땀이 지쳐 쓰러지고 있었다

운명

말하지 않아도
누가 말을 한다 해도
받을 것은 받고 주어야 할 것은
주게 되어 있다
이미 정하여 진 것을
저가 아는 것이다
거역한다고 해도 그것 또한
저가 아는 것이다
본디 그렇게 되어야 하는 것이
사람의 일이기 때문이다

소금밭

사해死海의 소금밭에 아해兒孩들이 있더라
아이들은 벌거벗고 수영을 하고 있더라
한 아해는 사해의 변두리를
맨발로 걷고 있더라
그 아이의 이름은 "예수"그리스도 라고

몽유병

술 취해 잠이 들면 꿈이 찾아와
이승을 더 살라고 오늘을 더 살라고 하여
한밤중에도 나는 낮처럼 생활한다
낮에는 정말이지 못했던 말들을
술술하고 속 시원히 풀지 못했던 미지근한
관계를 정리한다
너무 스스로운 내 꿈속에 사는 것이 좋은데
그래서 꿈만 자꾸 꾸고 싶은데
이렇게 남보다 더 많은 시간을 살면서
남는 것은 없다
나는 놀랜다 꿈을 쫓는 어스름한 새벽이
창밖에서 허기진 욕망과 함께 내일속에
와 있는 것이다

빈 자리

비어있는 하늘이 더 비어있는
음력 3월 초순
새벽바람 속에 코 끝 시린 그림자
하나가 지나간다

사는 것은 그런 것이다, 라고
만남과 헤어짐도 그런 것이다, 라고
돈도 명에도 그런 것이다, 라고
모든 것이 다 그런 것이다, 라고

외쳐봐도
비어있는 하늘이 더 비여 있어
코끝 시리고 눈시울 적시는
내 살아 있어도 빈자리에

음력 3월 초순 새벽바람이
불며 지나간다

충치

아무것도 말하지 못하는 내 입안에서
성하디 성한 이가 충치에 고생한다
내안에 불결한 불의가 있는 것이다
제 주변을 모르는 득得이 있다
치과에서 돌아오며 이 불의와
아무것도 모르는 분수를 깨우치는
도道를 만나서 얘기한다

치매

칠십 넘은 할배가 키를 쓰고 있다
옆집 할매가 소금을 뿌려대며
“아직도 싸니, 쯔쯔”
아이처럼 할배가 배시시 웃었다

미지未知

자기의 아무것도 찾으려 하지마라
아무것도 밝혀지는 것이 없는 자신의 세계에
있는 것이라고는 찾을수록 모르는 것이
더 많이 기다리는 무영無影의 세계가 있을 뿐이다

아무것도 해명할 수 없는 내 젊은 시절이여

심판

시방 나는 어둠과 밝음의 사이에서
지난 세월을 조명하며
진실과 허위의 판결을 요구하고 있다
어둠에서는 밝음의 세월이 읽혀지고
밝음의 시간속에서는 어둠의 세월이 보여지고 있다
어둠속에서 어둠이 보이는 것이 아니라
밝음속에서 밝음이 보이는 것이 아니라
서 있는 쪽에서 서로를 보고 있으므로
앞에 있는 서로의 세월을 바라보고 있으니
당연한 판결이 나오는 것이라 믿으며
어둠과 밝음은 서로 같은 옷을 입고 있다는
믿음이 자연히 다가오니 얼마나 당연한 판결이냐

가려오

가려오
끝내 가려오
이별이라고 등을 보이고
서산너머 석양이 되어
붉은 노을 보이시고 가시오리까

어느 때
그대 내게 오셨던가
그림자처럼 지나가는 시간속에
잠시 머물렀던 것이
내게는 얼마나

긴 시간이었던지
수년의 시간이 흐른 것 같아
기억 할 수 없으니
눈물 속에 남은 미련
짊어지고 걸어 갑니다

거울 앞에서

김재천 시집

4부 / 내일이 되면

내일이 되면

내일이 되면 그대에게 가리라
한 웅큼 손아귀에 절망과 허무를 담고서
그대 머리카락 사이 눈꺼풀 사이 맴도는 물방울이
태양의 꽃무리를 스치는 소리를 들으려고 갈 것이다

어쩌면 이리도 가난하여 그 소리조차 없는
물방울의 행열은 고달피 간혹,
죽음의 고뇌에 엉키며 애달파 하노니

아무도 마다치 못하는 저 별빛의 깜박임에
어제도 그제도 또 내일이면
다시 그대에게 가야 하는 것을 묻겠노라

봄이 왔다고 말하지 마라

봄이 왔다고 믿는가
봄이 왔다고 말하지 마라
북풍 찬바람이 이른 봄빛 사이사이로 스며들 때
우리는 경계의 눈빛으로 봄을 바라보며
70여년을 견디어 오지 않았던가
그것은 새들의 자유로운 몸짓과
나른한 오후의 잠과 같은
평화스러운 봄빛 때문이 아닌가
그러나, 북풍은 곳곳으로 스며들어 혼란과 파괴와
불안으로 자유을 무너트리고 있으니
아직 봄이 왔다고 말하지 마라
영원한 자유의 신전을 지어야 할 이 대지위에
아직은 땀방울 흘려야 할 까닭이리

2022년 12월에서 2023년 1월 사이

아이야 눈이 온다
아이야 백설같은 네 눈 속에
눈이 온다 아이야
밖은 추워서 꿈쩍 않는 하늘 속에
우는 사람 많아서 비가 내리다
이제는 눈이 되어 슬픈 사연들이
하얗게 변해서 눈으로 온다 아이야
병들어 지쳐가는 지구 한 모퉁이
눈이 와서 쌓이고 있다 아이야

존재의 역사

히말라야도 노아의 홍수 때 잠겼을까
잠기지 않았다면 히말라야 골짜기로
숨어 들어간 사람들은 살아났을까
아담의 세째아들의 후손인 노아에게
생존한 사람은 여덟명뿐
카인의 후손들은 다 어디로 갔을까

바달미

바다가 일어나고 있었다
파도가 거세게 밀려오며
갯벌에 숨 죽이며 엎드리자

사람들이 몰려 나오고 있었다
갯벌에 숨어있던 생명들이
서로 다투며 달려 나오고 있었다

수천수만년 파도의 물질에 쌓인
갯벌의 끝 마을
바달미가 잃어버린 바닷길을,

수평선을 바라보며
이제는 몇 남지 않은 사람들이
그리움과 기다림의 기억들을 되살리며

바닷길을 찾고 있었다

* '바다끝 마을'이라는 자연부락 명칭

선창가에서

지도를 보면 휴전선의 붉은선이 강줄기 같다
그래서 강물은 핏물이 되어 흐르는 것 같다
섬 같은 국토여
가난에 우는 별이 이슬이 되어 그대를 적시면
숨 한번 쉬고 물 한모금 마시며 쳐다보는 하늘
저-편에 동면이 머물고 회오리바람이 불었다

알속의 전설을 믿는 김해김씨 30년
충청도 백지에 적혀진 이름석자가
서해 갯바닥 설화에 적셔지며 조가비처럼
닦여지고 있었다

아!
부초같은 유랑의 봇짐 속에서도
나는 따뜻했다 그러나 아직도 핏줄로
맺어지는 족보가 가난과 바람에 찢어져 있고
북녘에서 밀리는 차디찬 숨결에 묻혀지는
피의 숨결이 들린다

돛폭이 찢어져 바람에도 밀리지 않는
술 취한 닻속에 갯벌의 내음이 풍기면
세월의 주름같은 해면海面에 서서
나는 무슨 노래를 불러야 하는가
나는 무슨 노래를 불러야 하는가

6월의 하늘

6월의 하늘이여
포성이 물들은 그대의 기억으로 말하여라
56년 반세기 동안 갈라진 산하를 품고
대한은 뛰어 왔느니, 상기하라
우리는 지금 어디에 서서 있는가를
금수강산이 초토화되고 아직도
부모형제가 피 흘리는 이별속에
아파하고 있음을,
상기하라 6월의 하늘이여
분노한 충령사의 넋들이 빠져 나간 듯
앞뜰과 뒤뜰의 잔디밭에 숭숭 구멍난 자국들은
아직도 잠들지 못하는 님들이
6월 하늘에서 바라보고 있음을 상기하라

서울 근교近郊

서울 근교에서 바라보면
아늑한 하늘 한 조각이
겨울 빈 들판에 내려 앉아
숨 쉬고 있었다

4월의 꽃이여

- 4.19 영혼 앞에

봄빛에 울분 터트려
눈물 흘리듯 피어난 꽃이었더라
졸음에 겨운 무능한 시선을
거두고 거두워서
앞으로 앞으로 나가고만 싶었더라
헐벗은 채 소리없는 함성으로
겨우내 인고한 자태를 보아라
금수강산, 그것도 나누어진
한 켠을 붙들고 이리도 애타는 애국을 보았는가
4월의 꽃이여
오오 젊음의 아픔이여
봄빛에 아픔 터트려 서러움 감추고
피어 난 꽃이었더라

마라도 삽화

하늘같은 제주 앞 바다을 바라보면
마라도는 제주와 바닷물로 이어져
한 몸이 되어 있었다
바닷물이 사나울 때 마라도는 보이지 않고
바닷물이 고웁게 출렁이며 하늘을 바라 볼 때는
새 색시마냥 순결하게 서 있었다
마라도 빨간집의 카페엔 동백이 피어나고
대한민국 최첨단을 알리는 표지석에는
제주에서 건너 온 갈매기는 고양이와
태평양에서 건너오는 바닷바람을 바라보고 있었다

어느 일상

꿈이 가고 있었다
가고 있는 꿈의 뒷모습에 조금 남은 눈물
잠자는 아이의 얼굴에 떨어지고 있었다
머-언 곳에서도 변하지 않는 아이의 음성에
꿈이 가고 있었다

6월이 오면, 그대여

6월이 오면 그대여
잊었던 것들이 있었는가
있는가 들어보라
국토의 허리를 베고 잠들 듯이 누워보라
들리는 소리가 있고
부르는 소리가 있으리라
억장 무너지는 아비규환의 국토속에서
그대 부르는 소리가 있으리라
이 조국 그님들이 있기에
하룻밤도 눈감고 편히
국토에 허리를 댈 수 있음을
6월이 오면 그대여
잊었던 것들이 있었는가
있는가 돌아보라

정동진 역

동해바다 끝에서 바다의 속살을 보고
밀려오는 파도가 모래밭에 묻히고 사라지는
깊이를 보았다

어디까지 가야하나
수평선 끝자락은 바다와 모래밭의 깊은
끝을 떠 받치고 소나무 한그루 키우고 있었다

한사람 걸어가기 위한 플렛홈을 만들어 놓고
역무원은 거센 바람에 날리는 모래로 모래시계를 만든다
어떡해 해야 하나?

아름다움은 타인의 말일 뿐
사랑은 자신의 말일 뿐

사랑하여 아름다운 것은 희망과 기쁨을 주고
아름다움으로 사랑해야하는 것은 믿음을 주는가

한 많은 대동강

내가 한많은 대동강 노래를 즐겨 부르는 것은
북쪽에 사는 사람들의 한이 강물에 떠 내려와
서해안 이남의 해안가에 쌓이고 갯벌에 쌓여서
겨울 추운햇살에 반짝거리며 울고 있기 때문이다
단군 할아버지의 얼굴을 바라보기 어렵기 때문이다
홍익인간들이 대동강물속으로 자꾸자꾸 사라졌나?
없어지기 때문이다

광복 60년

- 부활의 찬가

“대한민국 만세!”
산과 산의 골을 돌고 돌아서
거듭되어 다가오는 메아리는 하늘의 소리가 아닌가
만년의 시간속에 자손만대 기억되는 부활의 몸짓이 되어라

숨 가쁜 한세대의 흥망성쇄가 적나라하게
뼈마디로 나타난 현실속에서 아직도 우리는
배가 고프고 머리가 아프고 서러운 아픔속에 눈물흘리고
욱신대는 뼈마디를 사리고 걸어간다

대한민국이여
60년 세월을 견디온 것은 대한의 순결과 진실 이외에
무엇이 있었더냐 가자 이제 조금만 더 가자
진정한 만세를 오장육부가 시원하도록 부를 수 있는
그 곳까지 조금만 더 가자

백두대간에 스미는 대한의 얼을 굳건히 심어놓고
황해와 동해와 남해에 넘실대는 파도에
부활의 찬가를 부르며 보리고개 넘어가는
휘어진 등허리와 쪼그러진 어깨를 펴고

손잡고 손에 손잡고 가 보자
대한이여, 아아 백의민족이여

그 때 그 순간

그 어느 가까운 날
가난한 시절의 작은 우리는
햇빛과 돌과 땅과 껌껍질과 몸으로 놀았지
우리보다 조금 덜 가난한 우리네들은
구슬을, 딱지를, 고무줄을, 실을 가지고 놀았지

저녁때가 되면 사람 똥, 개똥 굴러서
어둡고 지저분한 동네골목을
허무러질듯한 리어커 드럼통의
꿀꿀이 죽이 더운 김을 토해내면
이집 저집 문이 열리며
양재기 든 아낙들이
양코배기 식당쓰레기 꿀꿀이 죽 한사발로
우리들 저녁을 해결해 주었지

그리고 동지섣달 깊은 밤이면
헤진 이부자리 속에서
서글픈 자유로 꿈을 꾸었지
양코배기와 사는 옆집아주머니는
희미한 가로등이 들어 와야

자리에서 일어난 듯
세숫물소리 요란하게 화장을 하고
극악단 소리 요란한 극장가로 가고

우리는 신기한 듯 눈망울을 굴렸지
이제 빛은 오락실에 가두어져
현란한 그림으로 나타나 아이들을 가두고
돌은 최류탄에 맞서는 무기가 되어 거리에 딩굴고
땅은 투기꾼의 주머니 속에 들어가서
주물러져 강냉이처럼 부풀고

몸은 시내버스에서 지하철 속에서
지상에서 지하로 지하에서 지상으로 떠돌 때

날이 흐리고
우리는 강물속에 붕어, 송사리처럼 입만
벙긋거리는 백치다
놀란 듯 뱁새 눈을 뜨고
흐린 날의 하늘만 본다

눈이라도 흩날리면
강아지처럼 뛸 수 있을까
날이 흐리고
강물속의 우리는 어디로 흘러가는 것일까

날이 흐리고
우리는 어두운 산으로 등산을 간다

유년의 어떤 시절에도
어두운 그림자는 내게 없었다
날이 흐리고
우리는 라스베가스 도박장에서
운명을 걸어야 한다

1996년 3월 어느날

향수鄕愁

그것은 병이었다
얼마나 오래 된 병인지 모르고 살아 온 것이다
아마도 조상대대로 앓아온 병일 것이다

누구는 그게 무슨 병이냐고 하지만
몇 천년을 하늘에 묻혀 내려 온 것이니
병도 아주 고질 병인거다

사람들은 모두 고향으로 가고자 열망하였다
잃어버린 동산을 그리워하는 향수병인거다

오늘날까지 남아 있는 것은
하늘에 묻혀진 시간을 파내어
병으로 진단하는 흙속의 숨소리로
분명 병이라고 하늘이 크게 울었기 때문이리라

아우 영전에

동짓달 춥디 추운 겨울날
차디차게 식은 네 육신을 싸 매이는 삼베속에
송 송 눈물 적시우더라

살아서도 입어보지 못했던 인조한복 한 벌
이승의 마지막 옷이라고 비혀보지만 너는
어찌 견디랴

36년 살아서 하던 고생을 죽음맞이 조차
고생으로 하면서 저승길 먼 길을
어찌 가려 하였드냐

살아서 네가 사랑하던 것과
사랑할 수 있는 것들을 두고 어떻게
그 먼 길을 가려 하였드냐

슬픔 가누며 떠나는 너를 보고 있나니
하늘이 무너지는 설음 복받쳐
네 곁에 머무니 그 설음

강물같은 설음 속에 잘 가라 아우야
세상에 머물렀던 모든 것을 털어 버리고
잘 가라 아우 야
아우 야 잘 가라

제사

부모님의 제사를 동생에게 넘기던 날
나는 교회로 나갔다

사람의 신비함이 해결되지 않는다는 생각 때문에
장남인 내가 막내인 부모의 제사를 떠 넘긴 것이다
막내는 흔쾌히 받았다
제사 때마다 이렇게 지냈노라고 사진으로 보여 준다
푸짐한 제물과 부모님의 영정사진이 바라보시는데
절하는 모습까지가 최고의 성의라 생각하지만
제사가 무언가 해결되지 않는다는 결론은 무엇인가
도무지 해결할 수 없던 사람의 신비함을
신앙으로 해결되는 아리한 사실을 나는
믿기로 하였기 때문이었다

부부

침대에 나란히 누워 서로 손을 찾았다
그들의 젊은 시절이 다가왔다
서로가 다독이며 손을 잡았다
주여 심판 하소서
무엇이 그른지 옳은지 일깨우게 하소서
삶의 언저리에 끼어 있는 누런 때를 닦기 위하여
주여 심판 하소서
그들은 기도하였다

잊혀가는 아우 앞에

허둥대는 걸음으로 너를 보러간다
입추도 훨씬 지났건만 더위는 여전하고
아침 저녁으로 가을 알리는 찬 내음이
발걸음에 스치는 풀잎의 이슬이 싸늘하다

조부모님, 큰조부모님 누워 계시는
저 건너 뒤편 음지에 누워있는 너를
오랫만에 찾아가 본다

세월이 지날수록 네가 있었던 자리가 지워지듯
뇌리에서 연한 흔적으로 남을 때마다
너는 아직도 내 핏줄의 동생이거니 하며
빈 허공에다 네 모습을 그렸다
한 여름동안 숲은 너를 세상에서 감추고
네게 이르는 길의 자취마져 지우고 있는데
허둥대는 걸음으로 너를 보러 간다

숲이 너를 세상에서 감추기에는 아직도
너를 찾아야 하는 부모형제와 처 자식이
네 기억속에서 어쩌면 눈물을 흘려야 되는

까닭이 있기 때문이라고 본다

너는 홀로 음지에 누워 있어도
너의 곁에는 서러워하는 사람이 안타까워하는 사람이
있음을 세상에 알려야 하기에
잡초를 베어내고 여름 장마에 스러지는
봉분을 밟았다 아우야!

네 곁에는 아버지도 와 계시다
잡초를 네 곁에서 치워내셨다
가시라고 해도 한잎 한잎 잡초를 걷어 내셨다
내 얼굴에서 땀으로 쏟아지는 물방울이
차라리 눈물이 되었다면 내가 지금 이런 글을 쓰겠느냐

아들이 해야 할 벌초를 아비가 하는 것을 보면서
나는 걷어내는 잡초에 내 땀방울을 숨겼다
그리고 돌아서시는 뒤 모습에 쌓이는 빈자리가
너무 휭하여 가슴이 철렁거렸다

살아있음이 이리도 강렬하게 내 목덜미에서
꿈틀거린 적이 없다
잘 있거라 아우야
휭한 아버지 뒷모습 따르며 안타까웁고 서러운 것이
살아있음에 복받쳐 온다

청와대

그대는 대한민국의 심장이였다
역사의 혈은이 남겨져 오고가는 발자국
남겨진 호흡은 때론 거칠어져고
때로는 사랑스런 입김으로 우리를
안락한 잠속에 빠지기도 하였다
그러나 그대는 자유로울 수 없는
숱한 질곡의 뒤틀림에 한때는 심장을
멈추게 시도하였지만 새로운 주인이
처방한 자유 대한민국을 길을 찾아
심장은 다시 살아났고
만방에 알리므로 발걸음은 새롭게
부활하였다

뿌리

70년 넘은 나의 삶은
30대의 영혼으로 살다가
20대의 영혼으로 살다가
10대의 영혼으로 살다가
남의 영혼으로 살다가
문득 나의 진짜 영혼은 어디 있는가?
그대는 어디 있는가? 물을 때
대답은 허공속의 바람소리뿐

터

충청의 홍주는 조상이 숨 쉬던 터와 성곽을 찾아서
저를 지키려 한다
조상이 일하던 터와 살아가던 터에 있었던 것은
백월산 가까이 자리 잡고
사람들은 주변으로 몰려가 다시 터를 잡는다

용과 봉황이 살았다는 용봉산 아래로 이주한 도청이
커다란 몸집으로 자리잡고 충청남도 7시6군을
호령하고 있으니 조상의 덕이련가?
나라에 충성하고 대대로 청정한 푸르름이
또다시 천년을 가려는지
서해의 바닷물이 환호하며 출렁이고
산천은 봄빛에 만개하는 꽃들이 화려하여
저절로 눈시울이 젖어오는 기쁨이로구나
몇 백년 몇 천년 자리잡고 사람을 사람으로
살게하는 충청은 영원하리라
아름다운 터여

장항 기벌포

아이들과 어른들이 뒤섞여 드넓은 갯벌에서
옛적의 유물들을 줍고 있었다
옛날 옛적의 원시 조상들이 걸어오고 있었다
해면과 바다의 끝자락에서 하늘이 보여주고 있는
기벌포 갯벌은 하늘처럼 말이 없고
원시적인 사람들과 21세기로 달려가는
아이들의 몸짓을 갯벌은 받아들이고 있었다
맥문동 깔린 해변의 카페트에서는
하늘보고 누워있는 늙은 소나무들이
지나는 바람소리에 흡족한 숨소리를 내고 있었다

거울 뒤편

거울 앞에서 내가 노래를 부르는 것은
거울속의 표정을 보고 싶은 것이 아니라
소리없이 들리는 노래소리를 듣고 싶은 까닭이라

그것이
구름이 흐르는 까닭과
바람이 부는 까닭과
빗소리가 들리는 까닭과
천둥과 번개가 치는 까닭과
눈이 오는 까닭과
단풍이 드는 까닭과
꽃이 피는 까닭과
우리가 죽고 사는 삶의 까닭이

거울 뒤편에서 누군가의 말씀으로
전해 온다고 믿는 까닭이다

해설

삶의 뒤안길에서 만나는 시의 진실성

- 김재천의 시세계

김명수(시인, 효학박사)

<해설>

삶의 뒤안길에서 만나는 시의 진실성

- 김재천의 시세계

김명수(시인, 효학박사)

1. 들어가기

나이가 들면서 살아가다 보면 그냥 앞에 닥치는 모든 것들에 대해 두려워지는 경우가 있다. 그중 하나가 시에 대한 두려움이다. 어떻게 써야 하나, 어디까지 가야 하나. 시는 나의 삶 속에서 과연 무엇인가. 이는 비단 나뿐만 아니라 김춘수 시인도 그의 저서 의미와 무의미에서 이렇게 말했다. '내가 두려워한 부류는 두 개다. 하나는 시인이요, 또 하나는 지식인이다'라고.

그런데 시에 대한 두려움은 시를 좋아하는 사람들에게 그것도 많이 좋아하는 사람일수록 더 한 것 같다. 일전 모처럼 마련한 시 낭독회에서 나이가 드신 시인께서 그런 말씀을 하고 있었다. 평생 시를 써 오면서 나는 얼마나 시에 대해 겸허했느냐. 시에 대해 진실했었나. 시에 대해 과연 열과 성을 다했던가. 그냥 이름만 시인이라 하고 겉모양만 시인 행세를 한 것은 아니었나. 우린 여기서 내가 고민하고 있던 것이나 김춘수의 시에 대한 생각이나 원로시인의 시에 대한 반성이나 하나같이 비슷한 것은 시를 많이 대했던 사람, 시와 많은 시간을 같이 했던 사람일수록 시에 대한 두려움이 있다는 것이다. 그것은 잘 써야겠다는 강박관념과 내 시가 과연 좋은 시인가 하는 생각과 내시를 사랑하는 사람들이 얼마나 있을까 하는 여러 가지 생각 때문일 수도 있다. 결론적으로 말하면 나이가 들수록 변함이 없는 것은 시에 대한 진실성, 시에 대한 두려움, 시에 대한 겸허함 등을 갖어야 할 거라는 것이다.

이런 시에 대해 진지함을 가지고 두려움을 갖고 시에 대해 진실한 자세로 글을 쓰려는 모습이 그려진 사람을 하나 만났다. 그가 바로 홍성의 김재천 시인이다. 그의 시 거울 앞에서 외의 74편의 시 속에서 그는 자신을 되돌아보면서 겸허하고 진솔하게 그리고 있음을 발견했다.

시인은 결국 자신의 삶을 철학적 관점에서 언어를 통해 시로 승화시키는 작업을 하는데 그 시속에 자신의 인생이 철학이 관념이 얼마나 녹아 있느냐에 따라 다른 사람들에게 감동을 줄 수 있다고 생각된다. 따라서 평소 과묵하고 진지하게 살아온 김 시인이 쏟아 낸 시들을 함께 감상하면서 시에 대한 두려움을 조금은 내려놓고자 한다.

나는 날마다 거울 속에
나의 육신을 판박이 하여 가둬 두고
거울 밖으로 나온다
사람들은 밖으로 나온 내가 보이지 않아야 할 텐데
"건강 하시죠"하고 나의 육신을 걱정하며 물어본다
나는 조금 의아해 하며
"그럼요 항상 그 모습 그대로 있습니다"라고
경쾌하게 말하곤 나도 나의 육신이 있는지 없는지

순간적으로 판단하기 어려운데 나의 육신을 보고 말하는
사람들이 참 이상하다고 여길 수 밖에

-「거울 앞에서 1」 전문

사람이 살아가면서 자신의 모습을 가장 잘 들여다볼 수 있는 것 중의 하나가 거울이다. 이 시는 바로 그런 자신의 모습을 적나라하게 보기 위해 거울을 등장시켰다. 거울 속에서 보는 자신은 전혀 이상이 없다. 있는 모습 그대로인데 이그러진 데도 없고 상처 난 데도 없고 아픈 데도 없는데 사람들은 자신을 보고 별고가 있는 듯 묻는다. 별고가 없느냐고, 건강하시냐고, 잘 있었느냐고, 우리는 여기서 시인에 대한 호법이 의례적인 인사냐 정말 겉모습이 건강이 아니면 그의 또 다른 면이 달라져서 진실하게 묻는 것이냐로 구분하여 생각할 필요가 있다. 대개의 경우는 안부이지만 정말 개중에는 인생의 저편에서 고심하고 있을지 모르는 그 부분을 캐치하고 묻는 것일지도 모르기 때문이다. 그럴 때 시인은 그게 사실이라면 도둑이 제 발 저리다고 얼떨결에 그렇다고 대답할 수도 있다. 아니면 잘 있습니다. 별고 없습니다 라고 답하면 될 것을 갑자기 심각해지는 것이다. 시는 바로 그런 것이다. 삶의 한 부분에서 웅크리고 있다고 내가 필요한 적당한 순간에 뛰쳐나간다. 나도 판단하기 어려운 순간에 다른 사람들이 쳐 놓은 이상한 그물에 내가 잡혀 있으니 내가 스스로 생각해도 참 이상하다고 할 수밖에, 시인은 자신의 인생의 한 모습을 거울을 통해 들여다보고 타인이 보는 나와 내가 나를 보고 있는 현실에서 약간의 혼란을 느끼고 있는 것은 아닌지 생각하게 한다.

죽어가나 보다
살아가며 죽어가는 것을 본다
욕실 거울에 비치는 나신 속에서
죽어가는 부분 부분의 육신이 거울 밖으로 튀어나온다
어느 때 어느 순간에 죽었던 것일까

-「거울을 보면서 2」 전문

거울 앞에서 그대를 불러 본다
그대는 아무 소리가 없고
나를 응시하는 모습뿐, 슬픈 표정이다
그대와 나는 언제 만났던 것일까
어떻게 만났던 것일까
거울 앞에 설 때마다 그대는 소리 없이 내게 오고
나는 그대 모습 바라보며 슬픈 기억을 더듬는다

-「거울을 보면서 3」 일부분

앞에서 시인 자신이 혼란을 겪는 것 같다고 했는바 여기 거울 앞에서 2를 보면 그는 자신을 다시 들여다본다. 그는 자기도 모르게 자신이 거울 밖으로 튀어나온 것을 발견한다. 그리고 놀란다. 과연 이것이 정말로 나인가. 또 다른 나인가. 아니면 거울 속에서 적응하지 못하고 현실로 뛰쳐나온 자신인가. 거울 1에서 혼란을 겪는 것처럼 의아심을 갖는 것처럼 거울 밖의 자신을 보았음에도 실제 나인지 시인은 괴롭다. 그만큼 살아가는 방법도 현실도 쉽지 않다. 거울을 보면서 3에서 2에 대한 수수께끼가 풀린다. 그건 결국 소리 없이 내 곁에 온 나 자신인데 거울 속에 있는 내가 거울 밖에 있는 나와 잠시 혼선을 빚었을 분 진정은 거울 속이나 밖이나 모두 나인데 현재를 사는 시인으로서는 자꾸만 아닌 것처럼 보이는 것이다. 거울 속의 또 다른 내가 거울 밖의 나와

비교하면서 왜 하나는 거울 속에 있고 하나는 거울 밖에 있는지 그 정체성에 대하여 혼란을 겪는 것이다. 그러나 우리는 늘 하나였고 우리는 늘 함께 했다. 현실에서 아무리 혼란이 온다 해도 스스로의 정체성을 잃지 않고 거울 속의 내가 거울 밖의 나를 발견하면서 때로는 거울 속과 거울 밖에 차이가 나지만 결국은 하나라는 것에 동의한다. 시인은 거울을 통해 진정한 나를 찾고 있으며 그 진정한 나는 때에 따라 상황에 따라 거울 속에서 존재하고 때로는 거울 밖에서도 존재한다는 의미를 내포하고 있다고 볼 수 있다.

나는 꿈을 꾸지 않는데
꿈은 자꾸 곁으로 다가 온다
그러니 꿈을 꾸며 살 수밖에

내가 꿈을 꾸지 않고 살려는 것은
세상에 아직까지도 꾸었던 꿈을
하나도 이루지 못하였다는데 있다

그래도 누가 있어 꿈을 들고 찾아오니
옆에 붙어있는 꿈을 버리지 못하고
꿈을 꾸는 시늉을 해야 하니

그래서 그냥 흉내 낸 시늉이 되었다는
슬픔은 항상 내게 쌓이고 꿈을 꾸고 싶지 않은데
다음 날 동녘에 식은 꿈을 또다시 들고 일어 난다

아무도 모르는 이 슬픔의 꿈들을 짊어지고.

-「슬프지 않은 슬픔」 전문

나이 들어가면서 시를 쓰면서 나는 가끔 이런 생각을 한다. 시를 쓰는 것이 나에게 구원을 주는 것인가. 여러 가지로 힘들어할 때 시를 쓴다면 정말 내가 구원받는 일인가. 시는 그만큼 나에게 모든 것인가. 나는 얼마나 시에 대해 진지한 사람인가. 시는 과연 나에게도 구원을 줄까. 시는 어떤 사람에게는 사치스러운 존재도 되고 어떤 사람에게는 옷을 입을 대 필요한 악세사리일 수도 있고 사람을 만날 때 필요한 명함일 수도 있다는데 당신에게 있어 시는 무엇인가. 가장 자신 있게 대답할 수 있는 것은 무엇인가? 우린 여기에 대해 의미 있는 생각을 해야 할 필요가 있다고 본다. 왜냐하면 시는 최소한 내가 생각해서 써야 되고 음미해서 읽어야 되고 쓰는 것이나 읽는 것 모두 시에 대해 경건함을 잃지 말아야 하기 때문이다.

김재천 시인의 슬프지 않은 슬픔을 읽으면서 김시인이 왜 시를 쓰는지를 알 것 같았다. 그는 지금도 꿈을 꾸는 소년이다. 그가 꾸었던 꿈은 아직도 이루어 가는 중이기에 그는 지금 또 다른 꿈을 꾸고 싶은 것이다. 그는 시인이다. 그리고 한 번쯤은 좀 별난 작품을 남기고 싶다. 그러나 아직 그는 만족할 만한 작품이 없다. 내가 그린 세계를 커버할 그림이 없다. 아직도 나에게는 갈 길이 멀다 아직도 나는 배가 고픈 것이다. 그러기에 나는 아직 갈 길이 멀다. 앞으로도 계속해서 만족할 만한 작품이 나올 때까지 천년이건 만년이건 살아남아 좋은 작품이 나올 때까지 열심히 쓸 것이다. 라고 다짐한다. 그것이 남은 생애의 나의 길이다. 조금 힘들겠지만 담담하게 용봉산의 그 봉우리를 바라보며 한 걸음 또 한 걸음 걸어 갈 것이다라고 다짐 하는 듯 하다.

내 이리 흐르는 눈물이
얕은 냇川가 모래알 몰고 다니는 물질에
훤히 제 속살을 비치는 마음일지라도

깊고 넓은 소리를 몰고 왔다 가는 파도에
부딪쳐 흐르는 눈물 보다야 못할지라도
흐르는 눈물이야 똑같을진대

내 이리 흐르는 눈물이
한밤중 잠 깨어 흐르는 눈물이
어찌 자꾸 서럽게 다가 오는가

네가 서러운 것이나
내가 서러운 것이나
서러워 눈물 흐르는 것이

-「이유없는 슬픔」 전문

이 시를 읽다 보면 김시인도 어쩔 수 없이 나이를 먹는구나 하고 생각이 든다. 나이 들면 제일 먼저 오는 신호가 그냥 슬퍼지는 경우가 많아진다고 했다. 실제로 나 역시 나이 들어보니 갑자기 슬퍼지고 그냥 슬퍼지고 그냥 눈물이 나고 그냥 고독해진다는 것이다. 문제는 이런 슬픈 감정들이 나이 들면 시도 때도 없이 온다는 것이다. 그래서 우울해지고 그래서 슬퍼지고 그래서 외로워진 감정이 깊어지면서 사고를 유발하게 되고 더 슬픈 일로 다가오게 된다는 것이다. 어느 날 그 슬픔은 한 밤중 자다가도 온다. 그럼 그게 네가 서럽기 때문인가 아니면 내가 서럽기 때문인가 알 수 없다는 것이다 그래서 나이 들면 까닭 없이 슬퍼지는 경우가 많다고 하나 보다. 여기서 시인도 예외가 아닌 듯하다. 그러나 이 또

한 극복해야 할 과제다. 어차피 인생은 외롭고 고독한 것을 혼자서 산을 넘어야 할 것을, 그래서 시인은 오늘도 그 슬픔을 극복하기 위해 용봉산을 향해 걸을 것이다.

2. 사랑과 이별을 통해 얻어지는 무수한 시의 파편들

누구나 한평생 살아가면서 반복되는 일 중의 하나가 사랑과 이별이다. 이는 어찌 보면 감정의 변화에서 오고 세월의 흐름 속에서 오고 가는 것이기에 자연이 마음 저 편에선 희로애락이 꿈틀거리고 그러는 만큼 감정의 기폭이 커져서 급기야는 글로 행위로 또 다른 형태의 사랑과 이별이 이루어진다. 그게 바로 인간의 삶 속에 존재하는 군상들이다. 필자도 사랑과 이별을 겪는 동안 무수한 글들이 나왔고 그로 인해 또 다른 삶들이 나를 에워싸고 때로는 힘들게 때로는 괴롭고 아프게 때로는 아름답고 유쾌하게 만들고 가는 것이 보였다. 김시인도 예외는 아니어서 그런 삶의 과정 속에서 나타난 시들을 읽어 보며 그의 마음속으로 함께 들어가 보고자 한다.

우리 이제 서로 잊기로 합시다
그 머언 추억의 어지러움 속에서 벗어나
이제 우리 서로 잊기로 합시다

아무것도 서로가 가질 것 없이
그저 상처 난 가슴과
아픈 마음 쌓여가는 세월을 잊듯이
우리 서로 이제는 잊기로 합시다

간혹, 아름다운 추억 있어 못 견딜 양
생각나거든 오늘 내 살아가는 아픔 잊어버리는
꽃향기라고 합시다
이제 우리 서로 잊기로 합시다
한없이 너울대며 다가오는
서로의 환영을 잊기로 합시다

-「이별송」 전문

우리는 살아가면서 많은 이별을 한다. 사람과 사람과의 이별은 물론이고 요즘은 집에서 키우는 애완동물과의 이별도 사람과의 이별 못지않게 많이 슬퍼하고 있다. 여기서 이제 우리 잊기로 합시다라고 하는 것은 아마도 오랫동안 마음속에 함께 해 왔던 것을 내려놓자는 의미인 듯하다. 나 혼자만의 이별이 아닌 상대방도 함께 내려놓자는 의미다. 그래야 서로 마음이 편하고 아프지 않을 것이기 때문이다. 우린 그동안 참 많은 세월 함께해 오지 않았던가. 아마도 그 시간들 속에서 피웠던 꽃들이 향기로 남을지라도 더 이상은 어쩔 수 없는 것이므로 이쯤에서 조용히 잊는 것이 좋을 듯하다는 것이다. 당분간은 서로의 모습이 한없이 너울대듯 다가오겠지만 그래도 우리는 이쯤 해서 잊기로 하는 것이 좋지 않겠는가. 속으로는 한없이 아프겠지만 그게 서로를 위하는 길이기에 합리적인 이별 노래를 부르는 것이 아닐까. 이별은 꼭 슬픈 것만은 아니다. 어쩌면 더 행복한 일들이 올 수도 있다. 함께 했을 때 예쁘고 사랑스러운 일들만 눈에 가득 담았기에, 좋은 것만 보려 했고 좋은 것들만 생각하려 했기에 헤어진다 해도 행복할 수 있을 것이다. 함께 했던 그 시간들 그 순간들이 아프고 힘들었다 해도 모든 걸 내려놓을 수 있기에 아쉽고 안타깝다 하더라도 나 스스로에게 위로의 말을 건넬 수 있다. 잘했다, 수고했다, 고생했다, 장하다 하고 김재천 시인은 이별을 함으로써 전보다 훨씬 성숙한 모습으로 서 있는 자신을 발견하고 이별의 순간을 담담하게 받아들이자고 하는 것이다.

1) 사랑해야 하는데
몸과 마음이 어디로 가야 하는지 모르고 있습니다

먼 곳에서는 눈보라 치듯 추움이 몰려오고
가까운 곳에서는 거센 바람이 불고 있습니다

무슨 사랑으로 이 거센 바람과 눈보라를 헤치고
당신에게 갈 수 있겠습니다

메마른 가슴을 어떻게 데워가지고
당신에게 갈 수 있겠습니까

내가 살 수 있는 사랑해야 하는 수많은 외침을
신들은 얼마나 들어 주고 있을까

-「사랑해야 하는데」에서

2) 꿈인 것 같아 그대를 만난 것이
어쩌지, 어떡해야 하지
그대 앞에서 서성이며
한발자국 갈 수가 없어
그대 오라 하며 손짓하는데
나는 망설이며 하늘만 바라봐
어렵게 숱한 세월 지나서 만난
그대에 대한 사랑이 무서워
어떻게 감당할까 두려워 조금씩 조금씩
그대에게 다가가 보지만

나의 능력을 바라보며 더 다가가지 못하는
세월을 한탄하며 삶이 이런 거였다면
차라리 내가 세상을 살아간다는 것이
꿈이었다면 좋았다는 생각이야

-「사랑앞에서」 전반부 일부

3) 서로 마주보다
점점……, 멀어지는
그림자도 없는
그대 뒷모습에 바람소리뿐

-「별리別離」 전문

4) 불타는 창으로
두견의 울음이

6월 한 달 장마 치듯
쏟아져 들어온다

-「사모」 전문

5) 가난이 울어 눈물이 꽃으로 피다
술 먹은 듯 취한 향기 속에 깃발처럼 솟아 나다
사랑은 그 속에서 하나의 씨앗이 되어 가슴에 움튼다
하늘 아래 흘러가는 구름 속에서
그대가 지나간 자국이
가난이 꽃으로 피는 것을 보았다

-「절창」 전문

이 시집의 특징 중 하나는 사랑에 관한 시가 생각보다 많다는 것이다. 김시인은 생각보다 로맨티시스트인가 보다. 그 사랑을 인생의 어딘가에서부터 시작해서 순간 순간 곳곳마다 머릿속에 그 사랑의 주인공을 떠 올린다. 그리고 처해있는 상황과 접목시키고 생물과 접목시키고 자연의 변화와도 접목시킨다. 확실히 김 시인은 변화에 민감하면서 그 상황 속에서 벗어나는 것을 주저하고 있다. 어쩌면 더욱 힘들어하는지도 모른다. 그래서 1)에서는 사랑해야 하는데 방해 요소가 있어 어떻게 가야 하는가를 걱정하고 있다. 단순히 헤쳐 나가면 될 것을 두려워하고 있는 것이다. 시인은 그 사랑에 대한 트라우마가 있어 주저주저하고 있는 것이다. 그런가 하면 2)에서 시인은 사랑 앞에서 아주 겁쟁이인듯한 느낌을 준다. 정작 사랑하는 사람이 앞에 있는데도 어떻게 다가가야 할지 어떻게 고백해야 할지 망설이며 하늘만 바라본다. 이건 어떻게 보면 참 천진난만하면서도 무력할 수도 있고 무책임할 수도 있다. 이미 상대방은 마음을 먹고 다가왔는데 정작 적극적으로 해야 할 내가 소극적으로 대처하고 망설이며 자신의 무능력을 걱정하고 있는 것이 오히려 걱정스러운 것이다. 3)의 별리는 1) 2)에서 보여준 시인의 그 소극적 행동으로 인하여 멀어질 수밖에 없는 상황이 그려진다. 서로 마주 보았는데 정작 아무 말이 없으니 돌아설 수밖에, 그리고 점점 멀어져 가는 뒷모습에 바람 소리만이 들리니 아차 하고 정신 차렸을 땐 이미 기회를 상실하고 만 결과를 가져오는 것이 아닐까. 그리하여 4)에서 이미 떠난 그대를 향하여 두견새처럼 울어 본 들 무슨 소용 있으리오, 장맛비처럼 울고 또 울어 봐도 이미 떠난 사랑은 오기 힘들기에 요즘 유행가의 한 구절처럼 있을 때 잘해라고 하지 않았던가. 5)를 보면 1) 2) 3) 4)의 과정을 거쳐 온 사랑이 드디어 완성되는 듯한 느낌이 온다. 술 먹은 듯한 향기 속에서 향기를 느끼고 있으니 이보다 완성된 사랑은 없다고나 할까. 이미 두 사람은 향기가 느껴질 정도로 진한 사랑을 했고 아니면 지금도 그 사랑이 진행되고 있음을 고백하고 있다. 참으로 축하해야 할 일이다. 사랑은 뭐니 뭐니 해도 먼저 연락해서 찾아오고 마음을 표현해야 되는 바, 그래서 주어진 오늘 현재를 행복하게 해 주는 것이어야 되지 않을까. 그래서 그대가 지나간 자국이 비로소 행복한 꽃으로 피는 것을 느끼는, 가난한 꽃으로 피는 그 순간을 시인은 소중하게 생각하는 것이다.

세상의 슬픈 기억들 속에서 바라보면
모두가 허허한 허공

바쁜 걸음 옮기는 뒷모습에서
별리別離를 터득하는 구름장 하나

차라리 애련한 시선 머무는 허공 속에서
인영人影을 떨구고

말없이 하루에도 서너 번씩
파란 손수건을 흔든다

머무는 하늘가에 별빛이 많아서
신의 손길에 빚어진 일월日月

그 속에 머무는 남루한 철학哲學이여
그대 어찌 예까지 왔누!

-「자화상」 전문

이 시는 거울 앞에서 속에 나온 시 전체를 대변하는 듯한 인상을 풍긴다. 거울 앞에서의 100여 편의 시를 한 편으로 압축한다면 이 자화상이 될 것이다. 시인은 자화상을 통해서 자신의 인생을 말하려 한다. 그동안 칠십 평생을 살아오면서 한마디로 표현한다면 시인에게는 모두가 허허한 허공이다. 이는 비단 시인뿐만이 아니라 거의 모든 사람들이 그렇게 생각할 것이다. 살아온 날들에 대하여 평가한다면 허망하고 공허할 뿐이다. 그렇게 인생은 공허함 그것이라고 시인은 말한다. 그건 2연에서 별리別離를 터득하는 구름장 하나라는 표현 속에 쉽게 알 수 있다. 결국 누구에게나 인생의 끝은 별리別離다 누구에게나 이별의 순간이 있고 인생의 끝 자체가 모든 것들과의 이별이기 때문이다. 그러면서도 시인은 하루에 서너 번씩 파란 손수건을 흔든다. 여기서 말하는 파란 손수건은 삶의 희망이다. 아무리 인생이 허무하고 허망한 것이라 해도 살아가는 동안 누구에게나 실현하고 싶은 꿈이 있고 욕망이 있다. 사람은 누구든 꿈을 꾼다. 얼마나 실현될지 꿈만 꾸고 말게 될지는 모르지만 김시인에게 있어 신이 준 일월日月 즉 수많은 날들, 삶의 순간순간들을 위해 최선을 다하고 살아왔음을 대변하고 있다. 그게 그의 남루한 철학인 것이다.

온 몸이 깨우침을 받아
여인들이 스스로 곁을 찾아와 빌어도
헐벗은 채로 있구나

끊기 어려운 정욕에 굴복한
서경덕의 회한이 면벽한 토굴속에서
무릎을 꿇고 아, 하늘이여

오 하늘이여 외치며
아직도 이내 몸은 깨우침이 부족함을
한탄하고 있구나

-「마애불 13」

이 시는 국보 84호인 서산의 마애 삼존불을 보고 쓴 듯하다. 마애 삼존불은 7세기 초에 만든 백제시대의 대표적인 불상인바 서 있는 입상이다. 이 마애불은 머리가 소발素髮이고 얼굴은 네모로 보이고 눈을 크게 뜬 채 밝게 미소 짓는 듯한 모습이다. 산위에 있는 돌을 쪼아 만든 부처이다. 이 모습을 자세히 보면 옷을 걸친 모습이나 보살상에 나타난 줄, 무늬 등을 아주 섬세하게 표현했다. 실감 나도록, 이것은 마애불이 갖고 있는 모습 그대로 보이는 대로 쓴 시인다. 그러면서도 시인은 여기서 한 단계 승화시켜 마애삼존불에서 나오는 부처의 빛을 말하려 한다. 마애삼존불은 인간이 결코 범접할 수 없는 그 이상의 큰 무엇을 가지고 있기 때문이다. 그래서 하늘에 대고 외친다. 아직도 이 내 몸은 깨우침이 부족함을 한탄하고 있구나 하고, 이는 부처에게 한 것이 아닌 자신을 일컫는 말임을 바로 알 수 있다. 그것은 부처는 이미 깨달은 분이기 때문이다. 아직도 자신은 마음을 다스리며 닦아내야 할 것들이 너무나 많기 때문에 아직도 멀었다는 의미의 말을 하는 것이다.

3. 신이 가져다주는 삶의 파편들, 시가 되다

1) 허공 속에서 결국 신과 만나게 되는 기쁨에 대하여
찬양(노래)되어야 하리
그것은 의지依支가 아니며
숱한 날의 묵상과 기도로서
인류의 족보를 위하여 자신이 서 있는
세상에 대한 의지意志일 뿐
살아가는 힘이란 결국 그 의지에 대한

철저한 믿음이라는 것을
그리하여 사랑이라는 것의 관계는
오로지 실천이 요구되는 것이라는 것을
깨달음 속에서 바람같이 요동치는 것이 아닌가
바람에 실려온 것이 아니어라

-「허공」 일부

이 시를 읽다 보면 신과의 만남을 매우 거룩하게 신비하게 매우 의미 있는 것으로 결론을 내리고 말을 풀어 가고 있다. 시인의 마음속에 갈구했던 신의 존재가 너무 위대하기에 어느 날 허공 속에서 만난 것을 기뻐한다. 이것은 내 의지와 상관없이 찾아온 신과의 만남을 노래하고 싶은 것이다. 그 신은 아무 때나 오는 것도 아니고 아무에게나 수시로 오는 것도 아니다. 오직 진심으로 갈구하는, 거짓 없이 모든 것을 신에 의지하고 모든 것을 신의 공으로 돌리고 모든 것이 신의 뜻이라고 여기는 자에게만이 올 수 있는 매우 어려운 기회인 것이다. 그런 기회가 나에게 왔기에 그것이 바로 축복이고 사는 맛이 나는 것이고 그러기에 보람이 있고 삶 자체가 즐겁고 희망적인 것이다. 그래서 시인은 말한다. 그것은 바로 기도 속에 포기하지 않는 의지이고 의지가 가져온 믿음이고 사랑이라는 것임을. 따라서 그 사랑은 말로서가 아닌 실천해야 진실한 사랑이 된다는 것을 피력하고 있다. 시인이 현실에서 일어나는 모든 것들을 언어로 어떻게 표현하느냐에 따라 좋은 시가 되고 그걸 읽는 독자가 무엇인가를 깨닫게 되는데 이는 단순히 바람에 실려 온 것이 아닌 내부에서 꿈틀거리는 진실과의 갈등에서 빚어지는 현상일 수도 있다. 김시인의 시 중에서 많은 부분들이 자신이 의지하고 있는 믿음에 의존하고 있기에 삶의 희로애락에 대해 묵상과 기도로 평안을 찾으려는 의지가 엿보이는 시라고 말하고 싶다.

1) 핏빛에 핏빛을 적시며
*사하로프는 가고 있다

동목冬木이 되어 노을 속으로 가고 있었다
시베리아의 설야雪夜가 까만 씨앗의

자유를 잉태하고 있었다

* 소련의 핵물리학자, 75년 노벨평화상수상. 소련에서 인권, 시민자유, 개혁을 외치다 11년간 유배당함

-「자유유감」전문

2) 한마디 싯구에 쌓이는 한방울의 눈물
한마디 싯구를 스쳐가는 영원永遠과
영겁永劫에의 약속 언어의 뿌리와
자연의 음향音響이여

- 서시(시의 영혼)전문

3) 바람은 가는 길을 묻지 않는다
어디서 와서
어디로 가는지도 모른 채
길 위에 그림자도 없이
스스로 왔다 스스로 사라질 뿐

숱한 물음에도 대답 없는 바람은
길도 없는 길을 가고 있음을
알고 있는 까닭에
외로운 것도 서글픈 것도

알고 있는 까닭에

바람은
가는 길을 묻지 않는다

-「길 위에서」 전문

4) 여지까지 내 살아있음은
70년이 넘은 죄를 아직도 씻지 못했다는
하늘의 심판이 떨어져 있음인가

그 죄를 다 씻은 다음
너를 거두리라는 말씀 때문에
아직까지 살아있게 두는 것임을
이제 알았으니 용서하소서

괴롭고 아프고 슬프고 온갖 어려움 속에서도
저를 살려 두심이 죄를 씻으라는
하늘의 명령임을 이제 알았으니
주여, 용서하소서

-「삶의 이유」 전문

짧은 시 몇 편을 골라 봤다. 시가 길다고 곡 좋은 시는 아니다. 그렇다고 짧으니까 좋은 시도 아니다. 문제는 그 시속에 하고자 하는 말의 의미가 숨어 있느냐이다. 짧은 시속에서도 반전이 있는가 하면 시가 길어도 늘어지기만 하고 핵심이 없는 경우가 많이 있다. 언어를 통해 전달하는 나의 마음, 나의 사상들이 얼마나 고심을 하며 생각해 내느냐에 따라 시가 좋아지고 사랑받을 수 있기 때문이다.

1)의 경우 독자들이 너무나 잘 아는 소련의 사하로프와 자유를

말하고 있다. 동토의 땅에서 자유가 보장되지 않은 그곳에서 사하로프는 훈장을 4번이나 받았음에도 핵폭탄 발명을 반대했다는 이유로 인권운동에 참여했다는 이유로 11년간이나 유배생활을 했다. 그리고 1975년 노벨 평화상을 받게 되는데 소련 정부가 출국을 허용하지 않아 아내가 대신 받게 된다. 그가 인권운동에 매진했던 댓가는 가혹했다. 훈장을 모두 박탈하고 강제로 병원에 입원시키고 결국 확장성 심근경색증으로 68세를 일기로 사망하게 된다. 시인은 이런 사하로프를 기억하고 몇 줄의 시로 그가 뿌린 자유의 씨앗을 어필시키고 있다. 그가 비록 저 힘없는 노을 속으로 사라졌지만 그는 영원히 모든 사람들이 갈구하는 자유를 잉태할 것이라는 것이다. 시인의 예지는 언제나 빛난다. 그렇다. 사하로프는 그렇게 갔지만 그 이후 소비에트연방공화국은 몰락하고 상당 부분의 연방국들이 독립하고 떨어져 나갔다. 물론 지금도 소련은 사회주의 국가에 머무르고 있지만 그 당시보다는 상당한 자유를 누리고 있고 이는 해가 거듭할수록 자유를 갈구하고 누리고자 하는 이들이 더욱 많아질 것이다.

2)는 단 4줄의 단시이지만 시에 대한 염원을 노래하고 있다. 한 마디의 싯구를 위해 밤을 새우고 고민하는 고독한 행군을 한다. 때로는 밤을 새우기도 하지만 몇 날 며칠을 반복해서 수정하고 어울리는 단어를 찾기 위해 궁리하기도 한다. 이것은 때에 따라서는 즐거움인 동시에 고통이다. 혹자는 말한다. 한 줄의 시가 가져오는 것이 무엇이기에 그리 많은 시간을 번민과 고통 속에 있느냐고. 그것은 관념의 차이다. 아무것도 아닌 사람에게는 별 의미 없는 것이겠지만 그것이 먹고사는 문제보다 중요한 사람에게는 절체절명의 문제다. 그래서 오늘도 아름다운 시, 서정의 시, 저항의 시, 명상의 시들이 추구하고자 하는 시인들을 통하여 세상

밖으로 나온다. 그리하여 많은 사람들이 공감하거나 외면당하기도 하지만 사랑하고 시를 통해 마음을 치유하고 힘을 얻는 경우도 있는 것이다.

3)은 누구에게나 각자 가는 길이 있음을 말한다. 그 길은 각자에게 모두 소중한 길이다. 꼭 가야 할 길이고 이루어야 할 길이다. 시인이 가는 길은 외롭기도 하고 때로는 서글프기도 하다. 그러나 그 모든 것들을 감내해야 한다. 이런 경우 조금 더 강한 언어로 더 넓고 깊은 은유를 통하여 포괄적으로 표현한다면 더 좋을 것 같다. 이것이 바로 언어를 창출해 내기 위한 고민이다. 고독한 행군이다. 시인은 언어를 창출해 내는 발명가이기에 더욱 그렇다. 남이 생각해 내지 못하는 것들을 시인이 만들어 내고 이루어야 한다. 그 길을 가는 것이 시인의 길이다. 아마도 김시인도 그런 행군을 오늘도 계속하고 있을 것이다. 언제쯤 완성된 언어들이 내 시의 성을 이루어 놓을지는 모르지만 분명한 것은 지금 이 순간도 김시인은 그 길을 가고 있다는 사실이다. 그걸 이미 바람은 알고 있기에 스쳐 지날 뿐 묻지를 않는다. 저만치 앞서가는 바람을 잡아 묻는다 해도 바람은 씨익 돌아 보며 미소를 지을 뿐 빨리 따라오라 손짓하며 그냥 갈 것이다. 시인의 고독한 행군이 계속되는 만큼 더 좋은 시들이 잉태하기를 기도한다.

4)를 읽어 보면 그는 매일매일 자신의 죄를 용서해달라 기도하며 살고 있음을 알 수 있다. 도대체 그는 왜 70평생을 살아오면서 무슨 죄를 많이 지었길래 지금 이 순간도 용서하소서 하고 기도하고 있을까. 이는 비단 시인 자신을 말하기보다는 이 세상을 살고 있는 모든 사람들에게 말하는 메시지일 수 있다. 세상에 태어나 지금까지 사는 동안 죄를 짓지 않고 사는 사람이 어디 있으랴. 이름 모를 풀벌레에서부터 이 세상에 존재하는 모든 생물들

과 함께 사는 인간이 과연 그들에게 하나도 죄를 짓지 않고 사는 사람이 있을까? 이는 단적으로 하나도 없다고 말 할 수 있다. 그러기에 우리는 오늘도 신에 대해 용서를 빌고 관용을 베풀어 달라고 기도를 하고 함께 가려고 노력하고 있는 것이다. 인간은 생각하는 갈대라고 했던가. 다른 모든 생물들이 생명은 붙어 있을지 모르나 생각할 수 있는 것은 오직 인간이기에 우린 오늘도 회개하고 반성하고 용서를 빌고 사회정의 앞장 세우며 인간다운 사회를 건설하며 살기 위해 노력하고 있는 것이다. 그러기에 시인은 오늘의 자신을 돌아 보며 용서를 빈다. 그래야 회개하고 자신의 허물을 씻어 내고 좀 더 온전한 인간으로 살아갈 수 있기 때문이다.

4. 고뇌하는 삶, 또 한 편의 시를 쓰다

시인이 시를 쓸 때 제목을 정하고 상을 가다듬고 내용을 적절하게 알 릴 수 있도록 표현한다면 좋은 시가 될 수 있다. 거기다기 언어에 리듬을 가하여 세련되게 질서 있게 언어를 나열한다면 음악성이 짙은 좋은 시가 될 수 있다. 그렇게 되면 시가 인간적이어서 시에 대한 애정을 갖게 된다. 그 애정이 깃든 시가 그 시대상을 반영한다면 그 시대의 대표적인 시가 탄생하는 것이다. 그렇게 시인은 좋은 시를 쓰기 위해 부단히 노력하고 실험하고 추구하고 고뇌하면서 앞으로 나아가려 한다. 따라서 시에 있어서의 질서와 세련미 그리고 시의 형태에 반영되는 시의 아름다움은 시의 질적 향상을 가져오는데 결정적인 역할을 한다. 우리는 여기서 김시인이 언어를 얼마만큼 세련되게 활용하고 한 편의 시를 완성하기 위해 얼마만큼 고뇌하는지도 들여 다 볼 수 있다. 그렇다고 지나치게 시의 좋고 나쁨을 열거하기보다는 김시인이 한 편의 시 속에서 아름다운 것을 고뇌하는 것을 어떻게 나타내려 했는지를 함께 살펴보고자 한다.

1) 피 뿌리며 서 있는 그대 곁으로
안개꽃 바람이 울며 지나가고

그대의 가장 끝에서는
계절의 순환이 맴돌며
허공의 가장 깊은 숨결을 더듬고 있다

피 뿌린 듯 서 있는 그대 곁으로 떨어지는
안개꽃, 한 잎, 두 잎, 세 잎……

-「가을 곁에서」 전문

2) 음력 늦은 춘삼월 그대를 만난다
백목련 시들은 봄 하늘 저편
신의 사자 같은 자색 옷을 봄빛에 나부끼며
눈 속 언저리 맴도는 그대를 본다
자색 옷 펄럭이고 그대 봄빛 같은 속살
사뭇 눈부셔 뜨거운 눈시울
살아있음을 증명키 위한 숨김 속의
살갗은 그리도 눈부시단 말인가
살아있음이 부끄러운 숨김 속의 순결을
말하고 있음인가
오! 무언의 화사함속에 봄빛이 머물다
돌아간 자리에서 그대를 만난다

-「자목련」 전문

1)의 가을 곁에서를 살펴보면 가을을 맞이해서 시인이 그 한가운데 서 있으면서 주변의 나무 와 산과 들의 변화되고 있는 모습을 상상하게 한다. 그리고 많은 말이 없으면서도 계절의 순환, 허공의 가장 깊은 숨결을 더듬고라는 표현 속에서 이미 가을 속에서 주변 환경이 많이 변하고 있음을 알게 한다. 계절은 어김없이 오고 간다. 그 속에 가을도 마찬가지다. 그러는 가운데 주변의 모든 자연환경이 변하고 있음을 알 수가 있다. 자연이 아무것도 안 하는 듯한데 어느새 시인이 서 있는 자리는 온통 피 뿌린 듯이 붉고 누렇게 변해가고 도 변해 있음을 감지할 수 있다. 그러면서 지금도 쉬지 않고 하나, 둘, 셋 하고 나뭇잎이 지고 있다. 자연이 변화하고 있는 극히 일부분의 일이지만 자연은 그렇게 한꺼번에 확가는 게 아닌 서서히 은연중에 조금씩 상황 변화를 일으키고 있는 것이다. 시인은 그것을 놓치지 않고 한 줄, 또는 두 줄의 시어로 찾아내어 시를 쓰는 것이다. 여기서는 안개꽃 하나, 둘, 셋이라고 했으나 이는 대표적으로 안개꽃을 불렀을 뿐 가을에 지는 모든 꽃잎들, 모든 나뭇잎들, 모든 풀잎 들을 말하는 것일 것이다. 가을은 그렇게 그 모든 꽃들이 나뭇잎들이 풀잎들이 떨어지고 시들고 말라서 자기 몸을 한없이 가볍게 한 뒤 지상으로 내려와 휴식을 취하는 것이다. 놀라운 자연의 섭리가 아닐 수 없다.

2)의 자목련을 보자. 여기에서 시인은 자목련 꽃잎에 내린 눈부신 꽃잎 위에 오버랩 되는 그 사람을 연상시킨다. 시인에게 있어 자목련에 버금갈 정도로 아름답게 오버랩 되는 그 사람은 누굴까. 그건 그의 마음속에 자리 잡은 또 하나의 자목련일 거다. 그 자목련의 살결과 그 자목련의 아름다움과 그 자목련의 뜨거운 눈시울을 잊을 수가 없다. 자목련이 피는 그 사월의 봄, 그 봄빛 속에 다가오는 환상. 잊을 수 없는 자연 현상이나 정말 잊을 수 없

는 그 사람이다. 시인의 무언의 봄빛 속에서 그와 눈을 마주치며 무언의 대화를 나눈다. 무언의 대화 속에 봄의 속살이 보이고 봄의 숨결이 느껴지고 봄의 신비스러움들이 그 사람을 둘러싼 것처럼 내 주위를 맴돌고 있다. 지금 이 순간 봄의 숨결 속에서 그만이 갖고 있던 잊지 못할 그의 봄 냄새를 함께 느껴 본다.

1) 오늘도
여린 햇살 사이사이로 바람이 불었습니다
봄날의 문턱에 비 내리듯
걸어가는 등 뒤에서 밀어닥치는 바람에
장대 같은 몸을 간신히 가누었습니다

사랑만이 전부라는 것을 믿는 사람이라고
서글픈 유행가 가락에 막걸리를 마시며
간신히 몸을 가누었습니다

내일도
그 여린 햇살 사이사이로 걸어가며
사랑이 전부라는 것을 믿는 사람이라고
우기며 바람 앞에 서라고
간신히 홀홀한 몸을 가누었습니다

-「길가에서」 전문

2) 사랑으로 흐르는가 저-구름은
사랑으로 흐르는가 저-바람은
가슴으로 젖어드는 저-사랑은

누구의 것이기에 이토록 끊임없이
그리움과 기다림을 요구하는 가

남은 것은 피폐한 한줌 흙뿐이거늘
천형天刑처럼 나타나는
이 지독한 사랑이라는 울림

소리 없이 찾아와
세상 속에서 꿈꾸게 하는 가

-「섭리攝理 4」 전문

1)은 시인은 길을 가면서 자연 속의 무수한 동식물들을 만난다. 그뿐만 아니라 아주 작은 무생물에서 거대한 화산 바위는 물론 저 하늘의 해와 달과 별 그리고 구름과 눈 비까지, 그런데 시인에게 있어 그 모든 것들은 시를 쓸 수 있는 대상이 된다. 사회에서 일어나는 크고 작은 일들이나 인간의 삶과 죽음은 물론 우주의 변화나 자연환경의 그 모든 것들이 글의 소재가 된다는 말이다. 그런데 시인은 여기서 그가 자주 걷는 길 위에서 아주 평범한 이야기를 시작하고 있다. 길을 걷다가, 길에서 만난 상념들이 한 편의 시속으로 달려온 것이다. 커다란 자연의 변화에 대한 글이라기보다는 일상생활 속에서 만난 아주 작은 일에 대한 자신의 반응을 표현한 것이다. 그 간에는 크고 작은 어느 일이던 별로이던 그가 아주 작은 변화에도 반응을 보이는 어찌 보면 차츰 나이 드는 모습을 나타내고 있는 것처럼 보인다고나 할까. 아주 작은 햇살을 받으면서 젊은 날의 그 대를 기억하며 아직도 그것이 사랑이라고 믿고 싶은 거다. 김시인에게는 아직도 때묻지 않은 젊은 날들의 그 모습들이 남아 있는 것이다.

2)를 보면 사랑은 나이 듦과 별로 관계없는 듯하다. 그 대상이 인간이든 자연이든 그리고 상상 속의 제3의 물건이든 인간의 가슴속에 살아 있는 사랑의 감정은 죽는 날가지 결코 식지 않는 모

양이다. 이는 김 시인이 70을 넘었다고 해서가 아니라 인간의 본성 속에 숨어 있는 팩트를 말하는 거다. 최근 인터넷 기사 속의 뉴스로 외국의 경우 미국에선 90을 넘은 어느 돈 많은 사람이 삼십대와 결혼한다는 기사가 떠올랐다. 이를 두고 돈으로 매수 했느냐, 진실한 사랑이냐고 공방을 벌이는데 그건 두 사람만이 아는 사실이다. 그러나 분명한 것은 두 사람 모두 건강한 정신이고 건강한 몸이라니까 가능할지도 모른다는 생각이 들었다. 두 사람만의 사랑을 두고 왈가왈부 한다는 것 자체가 이상한 일이기 때문이다. 얼마 전 한국의 한남성이 원양어선을 타면서 돈을 버느라 결혼 적령을 넘어 쉰 몇 살이 되었다. 그런데 우연히 배가 모나코에 정박해서 한 달을 있게 되었는데 그때 우연히 이십대 초반의 모나코 여성을 만나 결혼했다고 영상을 올라온 것을 봤다. 모나코에선 사랑하면 되었지 나이가 상관없다고 부모님들께서도 허락했다는 것이다. 이건 특수한 예이긴 하겠지만 바로 사랑을 논함에 있어 나이와 나이 차에 대한 편견을 깨는 아주 중요한 얘기 중의 하나인 것 같다. 여기서 말하는 사랑 타령도 기다림과 그리움을 얘기하는 이 시인의 생각, 천형처럼 나타나는 지독한 사랑의 울림이라고 하는 모든 것들이 바로 나이와 관계없이 사랑을 찾게 하는 섭리인지도 모른다. 그래서 사랑은 위대하다고도 하고 그래서 사랑은 꿈꾸는 자의 것이라고 하는지도 모른다. 김 시인의 이 섭리를 통하여 다시 한번 사랑의 의미를 되새겨 본다.

1) 술 취해 잠이 들면 꿈이 찾아와
이승을 더 살라고 오늘을 더 살라고 하여
한밤중에도 나는 낮처럼 생활 한다
낮에는 정말이지 못했던 말들을
술술하고 속 시원히 풀지 못했던 미지근한

관계를 정리 한다
너무 스스로운 내 꿈속에 사는 것이 좋은데
그래서 꿈만 자꾸 꾸고 싶은데
이렇게 남보다 더 많은 시간을 살면서
남는 것은 없다
나는 놀랜다 꿈을 쫓는 어스름한 새벽이
창밖에서 허기진 욕망과 함께 내일 속에
와 있는 것이다

-「몽유병」 전문

2) 시방 나는 어둠과 밝음의 사이에서
지난 세월을 조명하며
진실과 허위의 판결을 요구하고 있다
어둠에서는 밝음의 세월이 읽혀지고
밝음의 시간 속에서는 어둠의 세월이 보여 지고 있다
어둠속에서 어둠이 보이는 것이 아니라
밝음 속에서 밝음이 보이는 것이 아니라
서 있는 쪽에서 서로를 보고 있으므로
앞에 있는 서로의 세월을 바라보고 있으니
당연한 판결이 나오는 것이라 믿으며
어둠과 밝음은 서로 같은 옷을 입고 있다는
믿음이 자연히 다가오니 얼마나 당연한 판결이냐

-「심판」 전문

1)의 시를 읽어 보면 김 시인이 때에 따라 바쁘고 혼란스러운 일상을 영위한다고도 볼 수 있다. 물론 매일매일 하루도 쉬지 않고 힘들게 반복되는 것은 아니지만 자신의 삶이 몽유병 환자처럼 일에 취해서 일을 생각해서, 일에 쫓겨, 삶의 한 부분에 있어 몽유병 환자처럼 겉돌고 있다는 것이다. 무슨 일을 했는데 무슨 일

을 했는지 기억조차 없고 무슨 일을 해야겠는데 갑자기 무슨 일을 해야 할지 생각이 안 나는 것이다. 이는 현대를 사는 수많은 사람들이 공통적으로 겪는 일들 중의 하나다. 물론 모든 사람들이 다 해당되는 것은 아니다. 그러나 상당수의 사람들이 그런 삶을 살고 있는 것도 사실이다. 여기서 시인은 자신의 삶을 한 번 돌아 볼 필요가 있다고 본다. 나의 이런 삶이 과연 정상인지 비정상인지 그러나 분명한 것은 나는 지금 매우 바쁘고 정신없고 일이 겹치고 앞뒤가 안 맞고 있음을 발견하고 있는 것이다.

시인은 낮보다 밤에 일을 하는 것이 능률을 더 올리는가 보다. 일을 하다 보면 어느새 아침이 오는 날도 허다하기 때문이다. 이는 일의 성격이나 종류에 따라 다르겠지만, 그러나 이는 비단 김 시인뿐만이 아니다. 곁에 잘 아는 문학하는 시인이 그렇고 필자 역시 언제나 잠을 못 자고 아침까지 글을 쓰는 날들이 많다. 그러다 보면 몽유병을 앓는 환자처럼 자신도 모르게 내일이 여기 와 있음을 안다. 그렇다. 김 시인도 하루빨리 낮과 밤을 바꿔 살듯 하는 삶에서 정상으로 잠을 자고 아침을 맞는 맑은 날들이 오길 기대한다. 그건 누가 뭐래도 자신만이 고칠 수 있는 몽유병이기 때문이다.

2)의 심판을 읽고 현대사회 속에서 진정한 심판은 무엇인가 생각하게 한다. 우리는 가끔 진실과 거짓 속에서 혼란한 삶을 살고 있다. 어둠과 밝음 속에서 잘 구분할 수 없을 대가 있다. 이는 누가 현실을 그렇게 보도록 만들었을까. 왜 그럴까 하는 심각한 상황에 도달할 수도 있다. 김시인은 진실과 거짓, 밝음과 어둠 등의 상호 대비를 통해서 갈등을 겪고 있는 또 다른 사실들에 대하여 판단하는데 대해 혼란을 겪고 있다. 그러나 가만히 생각해 보면 어둠과 밝음은 서로 같은 옷을 입는다고 한다. 결국 같은 맥락이

다. 그러니 고민의 대상도 아니고 판결해야 할 성질도 못된다. 그건 이미 어둠에서 밝음의 세월이 읽혀진다는 것은 이미 예견된 얘기다. 어둠이 지나면 밝음이 온다는 것 자체가 만고의 진리이기 때문이다. 이는 김 시인이 삶의 한 과정에서 언제나 희망의 끈을 놓지 않고 있다는 거다. 어둠 속에서 어둠이 보이는 게 아니고 밝음 속에서 밝음이 보이는 게 아니라고 한 것은 꼭 노자老子의 얘기 같다. 결국 어둠과 밝음은 같은 옷을 입고 있다는 것은 깊은 철학적 의미가 담긴 말로 반자反者는 도지동道之動이요, 약자弱者는 도지용道之用이라고 전체적 진실은 순환론으로 보아야 한다는 의미인 바 김시인은 바로 어둠에서 밝음의 시간이 느껴지고 밝음에서 어둠의 시간이 느껴진다는 의미와 맥락을 같이 한다고 볼 수 있다. 결국 김시인은 인생을 어떤 의미에서 노자가 말한 순환론적으로 풀어 가는 듯하다고 볼 수 있다.

5. 황혼에 일으켜 세우는 아름다운 시심들

봄이 왔다고 믿는가
봄이 왔다고 말하지 마라
북풍 찬바람이 이른 봄빛 사이사이로 스며들 때
우리는 경계의 눈빛으로 봄을 바라보며
70여년을 견디어 오지 않았던가
그것은 새들의 자유로운 몸짓과
나른한 오후의 잠과 같은
평화스러운 봄빛 때문이 아닌가
그러나, 북풍은 곳곳으로 스며들어 혼란과 파괴와
불안으로 자유을 무너트리고 있으니
아직 봄이 왔다고 말하지 마라

영원한 자유의 신전을 지어야 할 이 대지위에
아직은 땀방울 흘려야 할 까닭이리

-「봄이 왔다고 말하지 마라」 전문

흔히 말하기를 인생은 60부터라고 한다. 그런데 이 시를 읽어보면 인생은 바야흐로 70부터라는 생각이 든다. 물론 지금은 백세시대라고 하니 70부터라고 해도 30여 년을 더 살아야 한다면 이것은 대단한 삶의 연장이다. 삼국시대나 고려 이조 시대로 올라가 보면 우리의 평균 수명은 3,40이었다고 나와 있다. 그건 이미 전염병이나 다른 질병에 의해 한 번 걸리면 헤어 나올 수가 없으니 그럴 수밖에 없을 것이다. 그러나 지금은 의료시설이 발달하고 사람들 자체가 건강생활에 힘쓰기에 더욱 그런지 모른다. 여기 봄이 왔다고 하지 말아를 보더라도 시인은 경계의 눈으로 70여 년을 견뎌 왔기에 아직은 땀방울 흘려야 할 까닭에 봄이 왔다고 말하지 말라 이렇게 외치고 있다. 참 대단한 발상이라 아니할 수가 없다. 인생의 내일은 그 누구라도 예측할 수가 없다. 언제 어디서 어떤 복병이 나타날지 모르기 때문이다. 아직도 김시인에게는 할 일이 많다. 시도 써야 하고 사업도 해야 하고 여행도 다녀야 하고 또 아직 다 하지 못한 일들이 수없이 산적해 있는데 하나씩 해나가야 하지 않겠는가. 아니면 한 가지라고 좀 더 높은 곳에 올려놓고 싶은 욕망이 있기 때문인가 아니면 현재의 삶의 방식을 조금씩 바꿔가며 한 삼십 년 진일보된 삶을 영위하고 싶은 것은 아닌지. 영원한 자유의 신전을 지어야 할 이 대지 위에 시인은 아직도 할 일이 남아 있는 것은 사실인 듯하다. 그러니 남은 시간 좀 더 견고한 시의 성을 쌓고 시의 왕국을 이루는데 좀 더 많은 땀을 흘려야 되지 않을까 한다.

지도를 보면 휴전선의 붉은 선이 강줄기 같다
그래서 강물은 핏물이 되어 흐르는 것 같다
섬 같은 국토여
가난에 우는 별이 이슬이 되어 그대를 적시면
숨 한번 쉬고 물 한 모금 마시며 쳐다보는 하늘
저-편에 동면이 머물고 회오리바람이 불었다

알 속의 전설을 믿는 김해김씨 30년
충청도 백지에 적혀진 이름 석자가
서해 갯바닥 설화에 적셔지며 조가비처럼
닦여지고 있었다

아!
부초 같은 유랑의 봇짐 속에서도
나는 따뜻했다.
맺어지는 족보가 가난과 바람에 찢어져 있고
북녘에서 밀리는 차디찬 숨결에 묻혀지는
피의 숨결이 들린다

돛폭이 찢어져 바람에도 밀리지 않는
술취한 닻 속에 갯벌의 내음이 풍기면
세월의 주름 같은 해면海面에 서서
나는 무슨 노래를 불러야 하는가
나는 무슨 노래를 불러야 하는가

-「선창가에서」 전문

이 시를 읽으면서 느끼는 것은 순간 아프다이다. 우선 70여 년 전 일어났던 동족상쟁의 비극 6·25가 만들어 낸 휴전선이 그려지고 그 휴전선 따라 흐르는 붉은 핏줄, 어쩌면 그 당시 수많은 사람들이 피를 흘리며 죽어 간 그 속에는 우리의 조상이 친척이 함께 있을 지니 더 마음이 아프고 아플 수밖에, 여기서 시인은 가난했던 그 시절 그렇게 죽어 간 사람들이 별이 되고 우린 남아서 밤이슬에 몸을 적시며 저 푸른 하늘을 보고, 저 밤하늘의 반짝이는 별들을 보고 그립다 말하고 언젠가는 일어서겠다 하고 다짐도 했다. 그런 세월이 흐름 속에서 다짐한 게 바로 김해김씨다. 시조 김알지를 떠올리며 시인은 30여 년 전의 추억을 떠 올리고 있었다. 아마도 여기에 온지 30여 년의 세월이 흐른가 보다. 누구나 처음부터 그곳에서 자라진 않았다. 부모를 따라 조상을 따라왔기에 여기에 정착했겠고 그래서 살아오는 동안 정이 들었고 수많은 일들이 하나 둘 차곡차곡 쌓아 왔을 거다. 그게 비록 유랑생활이었다 할지라도 거기엔 부모님의 사랑이 있었기에 따뜻할 수밖에. 시인의 추억은 더 위로 거슬러 올라 간다. 아주 오랜 시절 우리의 조상들은 더 가난했을 것이고 족보가 찢기는 차디찬 북녘 바람 속에도 면면이 이어 온 숨결이 들린다. 그게 오늘의 우리 가족이고 우리 집안이고 우리 김해 김씨의 족적이니까. 이제는 갯 벌의 냄새가 짙게 번져 오는 바닷가 어느 마을에 정착했기에 시인은 한 가족이 면면이 이어 온 김해김씨 씨족이 그냥 여기까지 쉽게 온 것이 아니라 수많은 역사의 피흘림 속에서 굳건히 지켜 온 조상이 있어 그랬을 것이라고 믿고 있는 것이다. 그게 자랑스럽기에 그걸 노래하고 싶은 것이다. 그리고 지금 말한다 지금쯤 나는 무슨 노래를 불러야 할까. 그건 아마도 우리의 조상에 대한 경건함과 고마움 그리고 여기가지 지켜 온 김해김씨의 자랑스러움까지 노래하고 싶은 것은 아닐까.

하늘같은 제주 앞 바다을 바라보면
마라도는 제주와 바닷물로 이어져

한 몸이 되어 있었다
바닷물이 사나울 때 마라도는 보이지 않고
바닷물이 고웁게 출렁이며 하늘을 바라볼 때는
새 색시마냥 순결하게 서 있었다
마라도 빨간 집의 카페엔 동백이 피어나고
대한민국 최첨단을 알리는 표지석에는
제주에서 건너 온 갈매기는 고양이와
태평양에서 건너오는 바닷바람을 바라보고 있었다

-「마라도 삽화」

누구나 제주도 가까이 있는 이 마라도를 가 보면 노래를 부르고 싶고 시 한 구절 떠 올리며 서고 싶다. 그러면서 여기서 말하듯 그림 한 점 그려 보고 싶은 충동을 느낄 것이다. 그만큼 마라도는 정지된 마음을 요동치게 하고 저 밑에 가라앉은 감각까지 일으켜 세워 나를 통째로 흔들어 놓는다. 필자도 마라도를 갔을 때 얼마 동안이나 서서 앉아서 누워서 그 마라도의 바람과 햇살과 하늘을 마음껏 안아본 경험이 있었다. 김시인도 아마 비슷한 경험을 했으리라. 그야말로 바다와 섬이 하나 되어 출렁이는 마라도는 환상의 섬이다. 그 섬에서 김시인도 잠시 섬과 바다와 하나가 되어 몽환의 세계 속에 빠져 있었을 것이다. 그러다 자기도 모르게 한 편의 시를 건지고 그 시속에서 잠시 꿈을 꾸고 세상에서 묻혀 온 온갖 것들을 바람에 모두 날려 보냈을 것이다. 그리하여 마라도에서 돌아올 때쯤은 모든 것이 세탁이 되어 아름답고 깨끗하고 평안한 기분이 아니었을까 하는 생각이 든다. 풍광이 좋고 분위기가 좋고 그 속에서 마음의 동요가 일어나면 한 편의 시, 한 곡의 음악, 한 장의 그림들이 탄생되는 것은 아마도 시간문제일 것이다. 그래서 사람들은 답답하면 여행을 떠나고 새로운 먹거리들을 찾아 끝없이 헤매는지도 모른다.

그것은 병이었다
얼마나 오래 된 병인지 모르고 살아 온 것이다
아마도 조상 대대로 앓아온 병일 것이다

누구는 그게 무슨 병이냐고 하지만
몇 천 년을 하늘에 묻혀 내려온 것이니
병도 아주 고질병인거다

사람들은 모두 고향으로 가고자 열망하였다
잃어버린 동산을 그리워하는 향수병인거다

오늘날까지 남아 있는 것은
하늘에 묻혀진 시간을 파내어
병으로 진단하는 흙 속의 숨소리로
분명 병이라고 하늘이 크게 울었기 때문이리라

-「향수鄕愁」 전문

누구든 오랫동안 고향을 떠나 보면 이 병을 앓는다. 아마도 보통 강심장이 아니고서는 인간의 심장을 타고난 이상 이 병을 한 번쯤 이 병 때문에 아파보지 않은 사람 있었던가. 이 병은 정말 백약이 필요 없을 정도로 반듯이 그 곳에 가야만 낫는다. 이는 누구도 마찬가지다. 예외가 없다는 얘기다. 그만큼 이 병은 아주 고약하다. 그것도 머릿속에 곽 붙어서 좀처럼 헤어날 줄을 모른다. 쉽지 않은 병이다. 이 병은 치료가 간단히 끝나는 것이 아닌 우선 꾸준히 치료해야 한다. 한결같아야 한다는 것이다. 그리고 그리워하는 곳과 가능하면 가까워야 한다고 생각된다. 사람들은 말한다. 향수병처럼 고약한 병이 없다고. 그렇다고 김시인이 그토록 그리워하는 고향은 어디일까. 그곳은 실제 자신이 태어나서 성장한 곳일 수도 있고 아니면 나만이 심어 놓은 제2의 고향일 수도 있다. 어디가 되었던 김시인에게는 무척 그립고도 그리운 곳이다. 정말 한 번쯤은 다시 가 보고 내 유년시절을 잠시 고향의 바람, 고향의 햇살, 고향의 사람들 입김 속에 있었으면 하는 바램을 엿볼 수 있다.

1) 동짓달 춥디 추운 겨울날
차디차게 식은 네 육신을 싸 매이는 삼베속에
송 송 눈물 적시우더라

살아서도 입어보지 못했던 인조 한복 한 벌
이승의 마지막 옷이라고 입혀보지만 너는
어찌 견디랴

36년 살아서 하던 고생을 죽음 맞이 조차
고생으로 하면서 저승길 먼 길을
어찌 가려 하였드냐

살아서 네가 사랑하던 것과
사랑할 수 있는 것들을 두고 어떻게
그 먼 길을 가려 하였드냐

슬픔 가누며 떠나는 너를 보고 있나니
하늘이 무너지는 설음 복받쳐
네 곁에 머무니 그 설음

강물 같은 설음 속에 잘 가라 아우야
세상에 머물렀던 모든 것을 털어 버리고
잘 가라 아우야
아우야 잘 가라

-「아우 영전에」 전문

2) 부모님의 제사를 동생에게 넘기던 날
나는 교회로 나갔다

사람의 신비함이 해결되지 않는다는 생각 때문에
장남인 내가 막내인 부모의 제사를 떠 넘긴 것이다
막내는 흔쾌히 받았다
제사 때마다 이렇게 지냈노라고 사진으로 보여 준다
푸짐한 제물과 부모님의 영정사진이 바라보시는데
절하는 모습까지가 최고의 성의라 생각하지만
제사가 무언가 해결되지 않는다는 결론은 무엇인가
도무지 해결할 수 없던 사람의 신비함을
신앙으로 해결되는 게 아니라는 사실을 나는
믿기로 하였기 때문이었다

-「제사」 전문

예부터 말하기를 부모에게 효도하는 방법 중의 하나가 형제지간에 우애 있게 지내는 일이라 하는데 1)의 시에서 보면 김시인이 사랑하는 아우를 보내면서 쓴 글 속에 그런 부분들을 절절하게 나타내고 있다. 그래야 부모님들이 편안하게 눈을 감을 수 있고 복을 받기 때문일까. 어쨌든 김시인은 부모에게 하는 효, 불효를 떠나 형의 마음속에 다가온 슬픔을 진솔하게 그리고 있는 것이다. 이는 어른들이 수없이 말을 했고 효경에도 나오는 얘기다. 김시인은 아우의 죽음 앞에 슬픔을 가누지 못하며 한 편의 시속에 자신의 슬픈 마음을 하늘이 무너지는 것 같다고 말하고 있다. 그만큼 충격이 아주 크다고 할 수 있다. 이것으로 보아 김시인은 평소 형제자매들과 아주 우애 있게 지내고 사랑을 듬뿍 주었다는 것을 알 수 있다. 사랑하는 동생이 아주 젊은 나이에 세상을 떠났는바 잘가라 아우야/아우야 잘 가라 하고 반복되는 곳에서 얼마나 형이 가슴 아프고 얼마나 형이 동생을 사랑했고 아꼈었는지 감지할 수 있다. 부르는 소리가 크지 않아도 목젖에서 맴도는 형이 아우를 부르는 소리는 너무나 목이 메인다. 가슴속에서 울고 또 울면서 보내기 싫은 동생을 보내야 하는 상황이 너무 슬프고 아프기만 하다. 그런 모습이 단 두 줄의 아우야 아우야 가 모든 것을 대변하고 있음을 알 수 있다. 장황하게 많은 얘기를 늘어 놓는다고 정말 슬픈 것은 아니다. 아우를 보내는 이 한 편의 시는 그가 얼마나 동생을 사랑했고 아꼈었는지를 알 수 있었다. 2)의 제사는 교회를 나가면서 겪는 갈등을 시속에 표현하고 있다. 교리를 따를 것인가. 우리의 전통을 따를 것인가. 여기서는 그 무엇이 옳고 그름의 문제가 아니다. 김시인은 종교를 가지면서 동생에게 제사를 넘긴다. 그리고 한동안 갈등한다. 과연 이게 잘한 것인지, 잘 못하는 것인지, 한 집안의 장남으로서 조상을 모시는 것을 동생에게 넘긴다는 것은 유교사상이 짙은 우리나라의 정서로서는 쉽게 이해하기는 어려운 문제다. 그러나 사회는 날로 변한다. 사람들의 생각도 많이 변하고 있다. 싫든 좋든, 옳고 그름을 떠나서 제사를 모시는 문제는 상당수의 가정에서 다시 생각하고 변화를 괴하려고 노력한다. 더구나 기독교 신자들에겐 더 그렇다. 그러기에 한 집안에서도 갈등을 느끼고 문제가 생기고 있다. 그렇다고 그냥 방관해서도 안 된다. 조상을 모시는 방법만 다를 뿐 언젠가는 변해야 된다는 것에 관심을 갖고 깊이 생각하지 않을 수 없다. 이미 나라에서는 대통령이나 국가 유공자들이 묻힌 국립묘지에선 묘소 앞에서 참배하는 것으로 끝내는 경우가 많다. 이는 외국의 그런 방법을 도입해서 우리도 따라 하는 것인데 그렇다고 해서 조상을 모시지 않는 것은 아니지 않는가. 이제 시대도 변하고 사회도 많이 변화하기 때문에 조상에 대한 제사로서의 예우문제는 존속해야 할지 폐기해야 할지 아니면 희망하는 사람들에게만 존속을 해야 할지는 각자의 선택에 달린 문제라고 생각한다. 따라서 김시인은 제사를 동생에게 넘겼다 해서 조상을 위하지 않는 것은 아니기에 이젠 벗어날 때도 되지 않았을까 조심스럽게 가늠해 본다.

필자는 지금까지 김재천 시인의 시집 『거울 앞에서』를 하나씩 둘씩 읽어 보면서 김시인은 나이를 들어가면서 시에 대한 열정이 더 깊고 넓어지고 있음을 감지할 수 있었다. 그가 삶의 현장에서 만나는 것에 대해 진솔한 마음으로 한 편의 작품을 만들고 자신을 돌아 보면서 그 속에서 또 한 편의 시를 쓴다. 그런가 하면 아직도 젊은 날의 그 순수가 살아 있어 사랑과 이별의 순간을 기억하고 한 편의 시로 승화시키고 종교를 가지면서 전통과 현실 사이에서 갈등을 느끼고 해소하려 한다. 그건 오랫동안 몸에 밴 것들을 한꺼번에 벗으려 하니 그럴 수밖에, 종교를 가지면서 고정관념 속에 자리 잡았던 부분들을 과감히 벗어버리는 요기가 자신의 삶을 변화시키고 있는 것이 보였다. 그의 삶은 조요로운 것 같으면서도 속으로는 고뇌하는 모습이 보인다. 그 속에서 시를 씀으로써 삭임질을 하고 때로는 혼란스러운 일상 속에서도 자신의 길을 잃지 않고 지난 세월을 조명하며 무엇인가를 생각하게 한다.

여기서 한 가지 놀라운 발상은 나이가 들었다고 해서 주저앉는 것이 아닌 아름다운 노을로 비유되는 황혼에 새로운 시심들을 일으켜 세우고 있다는 것이다. 이는 매우 건강한 삶을 사는 현장이다. 이제 김시인이 기왕에 일으켜 세운 황혼의 시심으로 그 누구보다 활기찬 필력으로 더 무게 있고 사랑받는 시가 많이 탄생되기를 기도한다.